CB020669

O PONTO DA PARTIDA

Fernando Molica

O PONTO DA PARTIDA

EDITORA RECORD
RIO DE JANEIRO • SÃO PAULO
2008

CIP-Brasil. Catalogação-na-fonte
Sindicato Nacional dos Editores de Livros, RJ.

M733p
Molica, Fernando, 1961-
O ponto da partida / Fernando Molica. – Rio de Janeiro: Record, 2008.

ISBN 978-85-01-08120-9

1. Romance brasileiro. I. Título.

08-0579
CDD – 869.93
CDU – 821.134.3(81)-3

Capa: Mariana Newlands

EDITORA RECORD LTDA.
Rua Argentina 171 – Rio de Janeiro, RJ – 20921-380 – Tel.: 2585-2000

Impresso no Brasil

ISBN 978-85-01-08120-9

PEDIDOS PELO REEMBOLSO POSTAL
Caixa Postal 23.052
Rio de Janeiro, RJ – 20922-970

"Feliz daquele que sabe sofrer"

(*Rugas*, Nelson Cavaquinho,
Augusto Garcez, Ary Monteiro)

"Se eu feri teu sonho em pleno vôo
Pra que pedir perdão se eu não me perdôo?"

(*Pra que pedir perdão?*, Moacyr
Luz, Aldir Blanc)

Pode parecer engraçado, mas, naquela época, repórter não precisava escrever. Sério. O João Carniça era um que não conseguia juntar duas palavras. Mas apurava pacas, era complicado correr com ele, muito garoto novo penou, tomou furo do João. Ele, coitado, nem tentava escrever. Só que começou a chegar nas redações uma molecada de faculdade, uns cabeludos de livro debaixo do braço, de bolsa de couro, e, principalmente, umas menininhas de calças jeans, de camiseta, sem sutiã, umas gracinhas. Todos sabiam escrever, iam pra máquina e disparavam, igual a metralhadora. E o João ficava cabreiro, meio envergonhado com aquela história de chegar da rua e ir direto até a mesa do *seu* redator, é, havia um redator que cuidava dele, um *personal writer*: não era todo mundo que conseguia transformar em matéria a apuração dele, aquelas anotações complicadas, rabiscadas num bloco seboso, meio nojento. Mas o João chegava, ia pra frente do redator e começava a contar a história. Engraçadíssimo, tinha gente que parava de trabalhar só pra ver. O João quase se perfilava diante do cara, punha os óculos de leitura, dava uma lambida no indicador, virava uma página do bloco e começava a recitar. Ele tinha uma voz forte, assim meio de barítono; não ditava, declamava a ocorrência. O começo era quase sempre o mesmo: "Uma viatura comandada pelo sargento Fulano de Tal, da Polícia Militar..." Ou então: "Como decorrência" — ele adorava o "como decorrência" — "das investigações conduzidas pelo delegado Melquíades Peixoto, do 25º Distrito, a polícia logrou êxito ao prender o marginal Carlinhos do Cabuçu, que desde ontem deixou de se constituir em um perigo para a sociedade." O tal do delegado Peixoto era compadre do João, estava sempre naqueles ditados que ele fazia para o redator. O sujeito ficava ali, ouvindo a lengalenga, e ia transformando aquilo em matéria, em texto publicável. Mas o João foi se chateando, se sentindo meio humilhado, era um dos poucos que não escreviam matéria. Ficava assim meio triste quando via aquelas mocinhas bonitas, novinhas, redigindo o próprio texto. E pediu pra começar a escrever. Conversou com o redator, tomou algumas lições, faça isso, aquilo, evite os adjetivos, não precisa dar sempre o nome do delegado, do sargento, do soldado, cuidado com as acusações. E, claro, não repita palavras, isso empobrece o texto, cansa o leitor. O João ouvia, anotava, arrumava aquelas coisas todas na cabeça. Ficou impressionado com aquela história de não repetir palavras: "Ah, é assim, é?" E num belo dia foi fazer uma matéria sobre o assassinato de um pescador, o cara, sei lá, morava em Niterói, parece que tinha sido esfaqueado pela mulher, um negócio desses. Tinha bebido demais, o de sempre. Como diria o João, consta que — ele também gostava muito do "consta que" — a dona

Maria, a mulher do pescador, estava meio puta naquele dia, cansada de trabalhar, de cuidar das crianças, de aturar ordem de marido bêbado. O sujeito chegou em casa tarde, trocando perna, falando enrolado, com aquela penca de peixe fedorento nas mãos, mandando a mulher ir pra cozinha cuidar do jantar. E, ainda por cima, ameaçando encher a coitada de porrada. Foi o limite. Baixou um caboclo nela, que perdeu a paciência, pegou um facão e, vupt!, abriu um rasgo deste tamanho na barriga do velho homem do mar. O João Carniça foi lá, enrolou os policiais, conseguiu conversar com a mulher, falou com os filhos, apurou tudo, todos os detalhes. Chegou na redação orgulhoso, nariz meio empinado. Aproveitou que era um plantão, tinha menos gente trabalhando, o *seu* redator estava de folga. Resolveu escrever o texto. E ia pensando, nada de enfileirar nomes de policiais, nada de adjetivos e, principalmente, nada de repetir palavras. Sentou-se diante da máquina e taquitiquicati, pá-pá-pá, tuc-tuc-tuc, pow, pow. Saiu catando milho, dando porrada na Remington. O cara chegava a suar, coitado, de tão nervoso. Sabia que a redação estava de olho nele, todo mundo dava um jeito de levantar, ir no café, passar por ali pra ver como o João se virava naquele trabalho de parto. Depois de quase duas horas, ele tirou a última lauda da máquina e se levantou. A lata do lixo estava cheia de laudas amassadas, rasgadas. Mas ele, coitado, sorria orgulhoso, aquele sorrisão bonito, que mostrava o canino de ouro. Foi então ao editor, acho que era o Magalhães, e entregou as duas laudas, dobradinhas. "Taí, chefe, é só dar uma lida e mandar pra oficina." E o Magalhães, tenho quase certeza que era ele, começou a ler. O lide, o início da matéria, estava até correto, o problema foi na hora em que ele descreveu o momento do crime, a porra da preocupação de não repetir as palavras. Ficou mais ou menos assim: "O pescador entrou na cozinha com os peixes nas mãos e disse para a esposa: — Mulher, frite os mesmos!" Pra não repetir a palavra peixes, o João Carniça disse que o pescador tinha mandado a mulher fritar "os mesmos"! O Magalhães ficou vermelho, começou a rir, tentava segurar o riso e não conseguia, não queria humilhar o João, todo mundo gostava muito dele, mas não deu, o sujeito foi ficando sufocado de tanto prender o riso. "Frite os mesmos!" A lauda circulou de mão em mão, bateu todos os recordes internos de leitura. Claro que aquele absurdo não foi publicado, um redator deu um jeito. Mas a história ficou, né? Pior é que, no dia seguinte, o dono do boteco que fica ali embaixo do jornal colocou no cardápio do almoço, naquele quadro-negro, bem na entrada do bar: "Prato do dia: Mesmos fritos com feijão, arroz e salada." Todo mundo comeu peixe naquele dia, uma sacanagem. Neguinho ria e comia, ria e comia. Coitado do João.

Ricardo deixa escapar um sorriso ao recordar a história do João Carniça, que lhe foi contada, recontada, dias antes na varanda do apartamento do Luiz. Frite os *mesmos*... Antes lembrara de outro caso, mais um episódio protagonizado pelo João Carniça. Um fato também relacionado a uma cobertura policial, a um crime sangrento. Um episódio que, pelo cômico, pelo inusitado, se impusera ali, diante da tragédia, do corpo ensacado, jogado naquele canto escuro da praia. Não havia como Ricardo sair dali, abandonar o local do crime que lhe cabia naquela noite. Bem que tentara não ir, insistiu para derrubar a pauta. "Este tipo de crime, violento assim, é coisa de bandido que mata bandido, uma vingança. Vai que a mulher deu um banho em algum traficante, pegou as drogas, vendeu, cheirou, e não pagou. Os caras, você sabe, não perdoam, passam a régua. No caso, passaram a faca, o serrote, picotaram a mulher. Briga de bandido, pra que correr pra isso?" Os argumentos — equivocados, agora admitia — foram em vão. Tivera que ir, testemunhar a barbárie, contaria aquela história no jornal. Pior, recebera ordens para ficar até que o corpo fosse removido. Passaria a madrugada enevoada, esquisita, fria demais para um fim de setembro, diante daqueles pedaços de corpo jogados dentro de um saco preto. A bruma diminuía o tamanho do céu, como se apertasse uma tela na vertical. Os prédios da orla pareciam desfocados, mais distantes, quase abstratos. A pouca distância, o efeito se diluía, mas não desaparecia de todo — havia uma névoa que, brigando com a iluminação de um poste alto, estabelecia limites para aquele espaço, uma espécie de palco difuso, mal-iluminado. Em um canto, uma luz amarela se impunha, revelava a pedra, o calçamento; no outro, escuro, emergia o corpo, pedaços de corpo envolvidos no saco plástico. Cena que o fizera lembrar de Carniça, de sua relação mais fria e amistosa com as tragédias. De alguma forma, Ricardo gostaria de, naquele momento, poder ser um pouco como ele.

Tinha havido um crime, um assassinato de uma família, uma história boa, vítimas de classe média, moradores de Copacabana, um luxo para a época. Era um daqueles dias em que o jornal fugiria da lógica PPP que caracterizava suas manchetes sangrentas. PPP — Presunto, Preto e Pobre. Haveria presuntos, três presuntos!, mas presuntos brancos, ricos, grã-finos. Nada de crioulo sem dentes encontrado no meio do mato. Crime bom, alto nível. E lá se fora o João Carniça. Tinha nascido o terceiro filho dele, o cara trabalhava que nem um cachorro. De manhã ia pra repartição, um deputado tinha arrumado um bico pra ele, estava começando aquele negócio de todo mundo ter assessor de imprensa, acabou sobrando uma vaga pro João, que passava uma parte da manhã atendendo telefone: "Secretaria Es-ta-du-al de Obras, bom-dia!" Depois, ia pro jornal, naquela época era normal acumular emprego público com emprego em jornal. Ele saía da redação umas nove, dez da noite e ainda passava pela rádio, ficava até uma da manhã na escuta. Trabalhava muito. E, claro, vivia com sono. Dormia no carro de reportagem, dormia na repartição, dormia onde dava. Naquele dia ele foi o primeiro repórter a chegar na cena do crime. Falou com os policiais, vai ver que o delegado Peixoto estava por lá..., conversou com um, com outro, e conseguiu autorização pra subir no apartamento antes da perícia. Uma, duas horas depois, chegaram os peritos. Os caras subiram, fotografaram, mediram — crime de rico, tinham que fazer a perícia direito. Ficaram lá um tempão. Quando desceram, falaram com o delegado: "Já fizemos tudo o que tinha pra fazer, pode liberar o local, recolher os quatro corpos." "Quatro corpos, como assim?", o delegado arregalou os olhos. "Os quatro corpos", respondeu o perito. "Os três que estão no quarto e o outro, daquele mulato, lá na sala." "Mas não tem corpo nenhum na sala", o delegado insistia. "Como não tem? Está lá, de barriga pra cima, deitado no sofá." O corpo, claro, só então a ficha do delegado caiu, era do João Carniça. O coitado, morto de cansaço, certamente não resistiu e dormiu no sofá macio daquela casa de gente rica.

Mas talvez nem mesmo João Carniça conseguisse pegar no sono ou provocar, ainda que involuntariamente, alguma graça neste outro cenário: o que abrigava o corpo largado dentro de um saco de lixo, junto à pedra que circunda as praias do Arpoador e do Diabo. Filetes de sangue escorriam para o calçamento de pedras portuguesas. A mulher tinha sido esquartejada: segundo o PM, só havia ali a parte inferior do corpo. O viúvo, aquele, sentado no banco, de cabeça baixa, fez a identificação pelas roupas, reconheceu um sinal na perna direita. Chegou, olhou o corpo, disse que era ela mesmo. Depois foi praquele banco, telefonou pra filha, pro cunhado, não deu pra ouvir direito. E tá ali sentado faz mais de uma hora, parece um fantasma no meio da bruma. Que coisa, que coisa terrível. Não, ninguém viu nada. A nossa cabine ali tava vazia, sabe como é que é, com esses ataques todos, o comando determinou que a gente não ficasse parado, dando mole lá dentro. O assassino devia saber disso, senão não ia trazer o corpo pra cá. Nós perguntamos pros porteiros, pro pipoqueiro, pros pescadores, pro cara que cuida dos banheiros do posto de salvamento, pros rapazes dos quiosques, pro segurança que tá de plantão na cancela no início da rua. Ninguém viu nada. Se viu, não notou nada de estranho. Aqui passa muita gente carregando saco, pacote, embrulho. Tem os caras dos quiosques, tem esses camelôs, tem farofeiro, maconheiro, tem de tudo. Alguém deve ter notado, é impossível não ver um ou dois sujeitos carregando um pedaço de corpo, desovando um corpo aqui no Arpoador, na beira da praia. Ou não prestaram atenção ou então estão com medo de falar. O que é bem possível. Um sujeito que retalha uma mulher é capaz de fazer qualquer coisa. Imagina se ele pega um paraíba desses, um porteiro. Também, sei lá: o cara pode ter vindo andando pela praia mas pode ter chegado por Copacabana, entrado aqui pelo portão do Parque. A gente não sabe a que horas o corpo foi deixado, pode ser que o Parque ainda estivesse aberto. Essa névoa também atrapalha, aqui já é meio escuro... Vamos ficar aqui, não podemos deixar o corpo sozinho, o jeito é esperar a perícia. O delegado da 13 veio aqui, olhou, foi embora, disse que era aniversário da mulher dele, que tinha que sair logo, que ia pedir urgência na perícia, que ia mandar um inspetor pra cá. Até agora, nada de perícia, de inspetor. Só a gente mesmo, só a PM. A gente, o viúvo, e vocês, repórteres. E, por favor, fala lá com seu fotógrafo pra não mostrar a cara da gente. Não quero minha foto em jornal, moro num lugar meio perigoso...

Ricardo precisava de um João Carniça ali, do seu lado, de alguém para lhe contar novas histórias, para fazê-lo rir, para, de alguma forma, tirá-lo dali. Pimenta fora para o carro, ia tentar dormir, procurar esquecer aquela merda. Mas Ricardo ficaria acordado, não conseguiria pegar no sono ao lado do corpo, do viúvo. Precisava lembrar de outros casos que envolvessem jornalistas e tragédias, erros constrangedores cometidos por repórteres, episódios engraçados, folclorizados pela categoria. Uma história, uma história, mais uma, uma só que fosse. Era necessário, urgente. Principalmente agora, quando o peso daquela brutalidade parecia se diluir na madrugada. O sargento volta e meia bocejava, recostado no carro da PM. Aquele mesmo sargento — Oliveira, acho — que se disse chocado com a crueza do crime, e olha que a gente tá acostumado com essas coisas. O soldado que o acompanhava dormia no banco do carona. A madrugada, caceta, não parecia que ia fazer tanto frio hoje, fingia tranqüilidade, a névoa era como um grande cobertor que, ao diminuir o tamanho dos espaços, parecia absorver um pouco da movimentação da cidade. Ainda mais ali, no início do Arpoador, nem os carros dos moradores chegavam até aquele ponto em que não havia mais prédios, apenas uma espécie de largo, uma pequena esplanada que unia as duas praias. Algumas pessoas — domésticas que deixavam o trabalho, um ou outro rapaz e seu cachorro, os garis que encontraram o corpo — chegaram a parar em torno do canto escuro, daquele pedaço de palco que não recebia nem a luz amarelada nem a esbranquiçada, esta, projetada pelos postes menores. O saco preto com o corpo, com os pedaços do corpo, fora colocado na base da parede de pedra que vinha do Parque Garota de Ipanema, um prosseguimento natural da cerca. Alguns até chegaram às janelas para acompanhar a movimentação dos repórteres e policiais que percorreram a Francisco Bhering em busca de testemunhas. Mas o receio de serem chamados a depor, a dar entrevista, fazia com que logo depois voltassem a se fechar em seus apartamentos. Em alguns casos deu para ouvir o barulho das janelas sendo puxadas com força, vítimas de um golpe certeiro, agudo, capaz de isolar aquela realidade que teimava invadir a madrugada de quarta-feira. Ninguém ofereceu uma água, um café, uma conversa. Nem os porteiros chegaram perto, poderiam ser advertidos caso deixassem seus prédios. Crime bom era no subúrbio, Carniça tinha razão. Lá os repórteres ganhavam água, café, e mesmo bolo dos vizinhos. Moradores que convidavam para entrar, deixavam telefonar para o jornal. Isso, claro, em outros tempos, época em que do subúrbio ainda exalava um ar de calma, em que os vizinhos de um crime podiam ir para a rua, acompanhar o trabalho da reportagem, dar detalhes sobre a vítima, palpitar sobre a causa do homicídio, fazer fofoca, verbalizar suspeitas, insinuar motivos para o crime. Aqui, no Arpoador, não tinha água, café, bolo, mas dava, pelo menos, para passar a madrugada ao lado do corpo, dos pedaços do corpo. Se fosse no subúrbio, na Baixada, já teria voltado para a redação, talvez nem tivesse ido ao local, não valia a pena arriscar a vida por tão pouco, mesmo de carro blindado era perigoso circular por certas áreas da cidade de madrugada. A necessidade de evitar o perigo retirava dos pobres o direito de, ao menos na hora da morte, receber algum tipo de cobertura dos jornais. Os crimes ocorridos na madrugada em áreas de risco — um conceito genérico cujos limites eram ampliados a cada semana — ocupavam cada vez menos espaço nos jornais, as informações eram aquelas apuradas por telefone com a polícia. Pobres, mesmo mortos, eram cada vez mais ausentes das páginas.

Tantos anos depois da separação — quantos mesmo? catorze, quinze, dezoito, sei lá —, e Ricardo não conseguia livrar-se do hábito de acordar cedo, outra culpa atribuída à ex-mulher e aos seus escândalos matinais: "Sete horas, sete horas! Já estou de pé há uma hora e você continua aí, jogado na cama, roncando, babando, perdendo tempo. Esse é o exemplo que você quer dar pra seus filhos? Olhem, crianças, como é bom acordar tarde, vejam como isso é legal. Pra que acordar cedo, levar os filhos ao colégio, caminhar, correr, se exercitar? Melhor ficar aí, de ressaca, jogado na cama, rolando de um lado pro outro. Claro, deve ser bom. Enquanto isso, eu fico aqui, ralando, fazendo café, acordando filho, botando a mesa, tirando a mesa, lavando xícara, limpando olho de filho. Tome vergonha, Ricardo, se levante, faça alguma coisa." Anos e anos depois — doze, treze, catorze —, e ele continuava a ouvir a voz de Adélia pela manhã, uma espécie de assombração que batia ponto todos os dias, ali, no seu quarto, ao seu ouvido. É como se viesse apenas para garantir que aquele não seria um bom dia, pelo menos, no que dependesse dela. "Mau-dia!", parecia dizer, era isso que ela, no fundo, queria dizer.

— Mau-dia pra você também. Péssimo, terrível dia pra você. Que você chegue atrasada em suas audiências, que perca todos os seus prazos, que seja flagrada pelo promotor palmeando o juiz. Que sofra um processo ético, que perca todos os processos, que seu *tailleur* se rasgue no meio da audiência e revele que você está sem calcinha. Melhor, que revele que você está com uma daquelas calcinhas vulgares, enfiada no rabo, de penugens coloridas e abertura no meio das pernas. Que cometa erros banais em suas petições, que você se foda, amém.

O recitar — em voz alta, se não houvesse ninguém ao seu lado — daquela oração era outro hábito matinal. A "Mau-dia pra você também" ou, simplesmente, a Madipra era repetida todas as manhãs desde o Dia da Libertação, aquele em que ele pela primeira vez reagira ao "Sete horas! Sete horas!". Dia em que, de improviso, despejara sobre Adélia as frases que se constituiriam em sua oração favorita, a única que sabia de cor. Aquela com que, desde então, tratava de expulsar todos os demônios que porventura tivessem entrado à noite em seu apartamento. A Madipra servia também como lembrete, recordação da promessa de que nunca, em tempo algum, voltaria a admitir alguma forma de casamento. Um reforço adicional para a declaração em cartório, documento em que ele, Ricardo Luiz Menezes, se comprometia diante dos amigos e da sociedade em geral em não permitir que uma mulher passasse mais de dois dias consecutivos dormindo em sua casa. Ou mais de três dias por semana; doze por mês. Os tais três dias semanais jamais poderiam seguir alguma lógica, uma seqüência: nada de terças, quintas e sábados; segundas, quartas e sextas. Nada de hábitos, de rotinas, de previsibilidade. Uma cópia do documento, registrado no 18º. Ofício de Notas, estava exposta em um quadro, protegida por um pedaço de vidro. Caso fosse flagrado no descumprimento de uma daquelas cláusulas, seus amigos — Ernesto, Pacheco e Solano — teriam o direito de doar todos os seus LPs (dois deles autografados) e CDs de Nelson Cavaquinho para o clube de regatas do flamengo (o nome do clube fora escrito com minúsculas, exigência de Ricardo). A doação dos discos fora a pior punição possível imaginada pelos amigos para testar o compromisso antimatrimonial assumido por Ricardo durante uma bebedeira que se estendera até a hora de abertura do cartório. Como, anos antes, firmara também o compromisso de jamais pôr os pés na sede do rubro-negro, Ricardo sabia que, caso viesse a permitir algo semelhante a um novo casamento, perderia de vista os bens que mais amava. Pior, os LPs e CDs ficariam ali perto, a algumas quadras de distância, inalcançáveis aos ouvidos, aos olhos e ao tato. Isso, se alguém não os jogasse no lixo ou os usasse como decoração de uma árvore de Natal — flamenguistas são capazes de tudo, repetia. O quadro na parede era seu melhor argumento para desestimular quaisquer insinuações matrimoniais ou de coabitação. "Entenda, amor, não é que não goste de você, que não queira que você fique aqui. Mas é que, se você ficar, eu perderei meus discos. Eu posso viver sem você, é difícil, mas posso. Mas, sem o Nelson, não dá, tá?"

Rezada a Madipra, Ricardo foi ao banheiro, abriu o chuveiro para lavar as mãos e o rosto — mais uma vez lembrou-se do vazamento da pia, por ele interditada havia cerca de três meses, ou quatro. "Tenho que ver isso." Tomaria café, afundaria nos jornais, em especial no *Diário*, colocaria a bermuda azul — todas as três que possuía eram da mesma cor —, a camiseta branca, o único par de tênis e sairia para caminhar. O percurso teria um peso adicional: mais uma vez, o jornal, notaria em seguida, deixara de publicar uma matéria que ele fizera na véspera. Desta vez, um perfil emocionado da mãe de um menino de 13 anos que morrera em um tiroteio com policiais, desde os 10 que era envolvido com a venda de drogas na favela em que morava. A mulher era prostituta, engravidara aos 14 anos de um cliente. Ricardo sugerira a matéria, fora alertado que era melhor não, que ninguém tinha pena de bandido, mesmo de bandido de 13 anos de idade, que aquele era o tipo de reportagem que trazia problemas para o jornal, que eles iriam receber *e-mails* e cartas de leitores protestando contra esse negócio de proteger vagabundo, que ninguém pensa nos direitos humanos das vítimas, é por isso que a criminalidade está desse jeito, a culpa é da imprensa que não deixa a polícia trabalhar. De tanto insistir, o Marques permitiu que ele fosse até lá, "carrega um fotógrafo, se vira, o problema é seu". Como acabara de constatar, o problema era só dele mesmo, a entrevista não fora publicada — "ficou pra sexta", diria o editor de Cidades. Ricardo tinha tempo suficiente de redação para saber que o editor não se referira à sexta-feira, mas à cesta, com "c", a cesta do lixo. Era a sua quarta matéria em duas semanas que via ser metaforicamente lançada para a cesta; uma cesta agora virtual. Bastava apertar uma tecla e deletar a matéria, a mãe e o menino. Sequer havia o trabalho de amassar as laudas e atirá-las na direção do lixo.

O jeito era caminhar, o exercício e a visão da praia ajudavam a melhorar seu humor. Precisava também se livrar do excesso de chope da véspera. No calçadão, fazia o trajeto de sempre, ida e volta até a estátua do Zózimo, no início da Niemeyer. Neste caso, não havia compromisso em cartório, mas evitava — questões de foro íntimo — cruzar desnecessariamente as fronteiras de sua ilha, como se referia ao Leblon. Sim, uma ilha: ao sul, o Oceano Atlântico; ao norte, a Lagoa; a leste, o canal do Jardim de Alá; a oeste, o da Visconde de Albuquerque. Nascera ali, vivera quase todos os seus 50 anos cercado de água por todos os lados. Pena não ter nascido antes de 1918, quando, na prática, o Leblon era uma ilha que, naquele ano, acabaria unida ao continente por uma ponte. Gostava da idéia de ilha, de isolamento controlado, administrável. Não abrira mão do bairro nem durante o casamento: inicialmente moraram ali mesmo, naquele dois-quartos no quinto andar do primeiro bloco de prédios do Conjunto dos Jornalistas — "Um pombal, versão melhorada da Cruzada", como dizia Adélia. Depois, foram para um três-quartos na José Linhares, a meio caminho da praia e do Bracarense. O casamento acabara antes da ascensão de Adélia para a Delfim Moreira, de frente para o mar, e da conseqüente volta de Ricardo para o que classificava de seu *bunker*. O hiato que manchava sua biografia de lebloniano, que dela arrancava oito chorados meses, ficava por conta do "período especial", o "exílio", o "desterro": sua passagem por São Paulo, quando foi editor de uma revista. Desde então desenvolvera especial carinho pelos que, durante a ditadura, foram obrigados a viver fora do país: "O exílio, eu sei o que é isso... É uma das piores experiências pelas quais um homem pode ser obrigado a passar", dizia, contrito, olhos baixos, fixos na caldereta com chope. Gostava de encerrar a cena recitando versos de "Minha festa": *Graças a Deus/ minha vida mudou/ Quem me viu, quem me vê/A tristeza acabou*. O "minha vida mudou" era acompanhado de uma espécie de abraço simbólico no seu bairro, as mãos meio que espalmadas para o alto, o olhar que, em *travelling*, captava a paisagem do Leblon — mesmo que a paisagem não passasse dos prédios da Ataulfo de Paiva, da José Linhares ou da Dias Ferreira, cenários que via do Jobi, do Bracarense ou da varanda do Belmonte.

Para compensar o tempo exilado, procurava ficar o máximo no seu bairro. A caminhada era feita com passos lentos, quase desleixados, um movimento que parecia comandado não pelas pernas, mas pela barriga, ela é que, ao se projetar, como um pêndulo na vertical, indicava aos membros inferiores o que deveria ser feito. Para a frente, sem pressa. Pressa, pra quê? Ainda mais naquela manhã. Se pudesse, a esticaria até o limite do entardecer. Um dia que seria assim expurgado da parte da tarde, feito apenas de manhã e noite. Da caminhada para o jornal, sem escalas, sem meio-dia, sem, principalmente, aquele seu sempre temido compromisso: o almoço mensal com os filhos. Compromisso que o obrigara a pedir para entrar mais tarde, no último horário. Sabe-se lá como terminaria aquele almoço. Precisaria talvez de um período de recuperação pós-encontro com Carlos e Caroline. O rito já fora semanal, passara para quinzenal e, agora, tivera o intervalo esticado para trinta dias. Período sempre contado de forma regressiva, a cada dia faltava um a menos para o encontro que, doze vezes ao ano, reafirmava aquela que era sua maior derrota. Como se o intervalo mensal marcasse o término de mais um ciclo, da raspagem de algo como uma camada óssea que protegesse uma fibra nervosa. A cada dia, a camada ficava mais fina, mais desprotegida, mais sensível. No fim do ciclo, no momento de cada almoço, o nervo se apresentava exposto, desprotegido, pronto para ser alvejado, submetido a uma dor profunda, incomparável. Durante o encontro, Ricardo sabia, o tal nervo seria lancetado, instigado, perfurado; ferido pelos ataques de Carlos e de Caroline, pelas suas próprias e tão repetidas culpas.

Mais uma vez se prepararia, pediria calma a si mesmo, repetiria o compromisso de não iniciar os ataques, de exercitar a tolerância, de não revidar cobranças. Promessas como as de um alcoólatra que jura não passar do primeiro ou do segundo copo. "Hoje não, hoje não", repetia, murmurava. Ao mesmo tempo uma parte de seu cérebro ia em direção contrária, o fustigava e o provocava. Dali, de um misterioso canto escuro, encapsulado, invulnerável, partiam lotes e lotes da munição que poderia ser disparada contra seus filhos. Material que o fazia chegar ao mesmo questionamento: "Filhos. Por que tê-los? Com o perdão de Vinicius, melhor não sabê-los. Pra que sabê-los, porra?" O primeiro pacote de projéteis fornecia o veneno de uma suposta certeza com que, de forma cruel, resumiria sua filha. "Sabê-los?" Já sabia de tudo: saber de Caroline — o "e" final no lugar do "a" fora exigência da mãe — não exigia muito de qualquer um. Ela, 23 anos, estaria vestida com roupas rasgadas e caras, fumaria uns cinco cigarros durante o almoço, teria brincos enfiados na língua, nariz, umbigo e orelhas, esboçaria frases sobre planos de viagem que incluiriam algum tipo de curso em um lugar inóspito do planeta. Talvez porque não houvesse mais por aqui algum curso em que ela pudesse se matricular ou, pelo menos, anunciar seu desejo de fazê-lo. Apenas de nível universitário, Caroline, até onde Ricardo se lembrava, passeara pelas faculdades de moda, hotelaria, teatro e turismo. Tentara também aprender dança do ventre, shiatsu expresso, esoterismo. Sua última investida, que durou exatos dezessete dias, foi em Gestão de Negócios de Surf, curso que abandonou por considerá-lo excessivamente complexo. "Sua filha é uma eterna adolescente, nunca vai ficar pronta", ironizava o Queiroz. De prático — e lá vinha mais munição — ela aproveitaria o tal novo passeio e o eventual curso para praticar a única coisa que, de acordo com Ricardo, Caroline sabia fazer com constância e excelência: dar. "Dá muito, com gosto. Nisso, a safada não puxou à mãe, a vaca da minha ex-mulher, aquele *freezer* que, se replicado, acabaria com a tendência de aquecimento global. Caroline se dedica com afinco a essa atividade desde os 13, 14 anos, ou mais cedo, sei lá. Graças a ela eu passei a ser uma espécie de sogro camarada de quase todos os garotos do prédio. A gulosa tinha também um compromisso com a diversidade e com a prática de, apenas neste quesito, uma elevada consciência social, que o digam os filhos do porteiro, que muito se beneficiaram do prazer que Caroline tinha ao dar aos pobres. De *também* dar aos pobres, já que nesse ponto, pelo menos nesse, ela não fazia discriminações. O que me espanta é ela, até hoje, nunca ter aparecido grávida. Mas ainda vou ver essa doida chegar no hospital, pelada, com um sujeito enganchado num daqueles brincos espetados pelo seu corpo."

O filho, Carlos, tinha 22 anos — Adélia bem que tentara emplacar um Charles, queria que os filhos tivessem nomes de príncipes, mas os gritos de Charles é o caralho assustaram os funcionários do cartório, constrangeram as testemunhas e a fizeram desistir dos planos. Ao contrário de Caroline, Carlos puxara à mãe. "Igualzinho, você precisa ver, uma versão terno-e-gravata da Adélia." Seu arsenal, seu depósito de armas de munições, informava, trazia-lhe a ficha pronta, atualizada, carimbada. Como uma claquete que, a exemplo de uma guilhotina, caía sobre uma mesa e cortava a possibilidade de uma ainda que improvável ponte capaz de unir pai e filho. "Você sabe que não adianta, ele é insuportavelmente chato, conservador, careta e competente", gritavam as rajadas disparadas daquele canto obscuro.

Chato, conservador, careta, competente: uma sucessão de cês. Usava terno desde o primeiro período da universidade, que cursava ali do outro lado da fronteira, em Ipanema. Filho de Adélia não faria faculdade no Centro, faculdade pública, Deus o livre, ainda mais agora com a chegada daquele pessoal das cotas. "Um prodígio, uma sumidade, capaz de recitar, com todas as notas de pé de página, leis e códigos que justificam, tintim-por-tintim, o direito inalienável dos ricos de foderem com a vida de quem já é fodido. Se não tomar cuidado, esse filho-da-puta ainda me toma o apartamento."

Hoje não, hoje não, Ricardo repetiu para si mesmo, como se vestisse um macacão à prova das balas que ele mesmo disparava. Hoje eu resistirei, não provocarei, não começarei as brigas. Será difícil, mas, pelo menos, tentarei.

De volta da caminhada, cumpriu outra parte de seu ritual diário: passou por uma banca na Ataulfo de Paiva para conferir a primeira página do *outro*, o *Diário do B*, como costumava referir-se ao escandaloso e desbocado irmão mais novo do *seu* jornal. Um tablóide baratinho, feito com o material quase todo produzido pelos repórteres do *Diário*. Exposto com destaque, o jornal trazia uma modelo pelada no alto da capa; ao lado, na esquerda, uma outra quase pelada. À direita, o anúncio de uma promoção qualquer. As notícias tinham ficado para a parte inferior da página: "Orixás apontam assassino do crime no trem"; "FAB alerta: ETs preparam pouso em Curicica"; "Craque abandona time e foge com o bandeirinha". No pé da capa, a chamada para uma versão da sua entrevista, o jornal caçula não jogara a matéria na cesta. Fizera pior, deturpara seu sentido, transformara um texto equilibrado em algo mais palatável aos leitores-que-não-gostam-de-bandidos. No original, Ricardo destacara que a mãe do menino fora obrigada a prostituir-se muito cedo, depois de ser violentada por um tio. O texto que exalava solidariedade com a desgraça daquela pequena família foi substituído por outro, agressivo, pendurado em um título preconceituoso: "Bandido morto era filho da puta".

Ricardo olhou para a capa do jornal, balançou a cabeça, murmurou um merda, um puta que pariu, deu meia-volta, atravessou a rua e andou na direção de casa. Coitada da mulher: perdera o filho de 13 anos e agora era exposta no jornal. Pelo menos o editor tinha omitido o nome dela, a foto publicada não permitia sua identificação. Um gesto de prudência: no mês anterior a empresa tinha sido condenada a pagar uma indenização pesada à família de um biscateiro que fora apontado na primeira página como traficante, era preciso tomar cuidado para evitar novos processos. Agora, até favelado pedia indenização por danos morais. Desse jeito, não vai dar mais para fazer jornalismo, lamentava o Marques. O nome da mulher não estava no jornal, mas isso não diminuiu a irritação de Ricardo. Tivera trabalho para convencê-la a falar, garantira que a reportagem seria bem-feita, equilibrada, respeitosa. O oposto do que acabou sendo publicado. A matéria não fora assinada, as digitais de Ricardo não estavam impressas. Mas ele sabia que tinha responsabilidade sobre aquilo. Pior, não podia fazer nada:

reclamaria, falaria em desrespeito, e ficaria assim. Não iria pedir demissão, não queria arrumar um outro problema. Aquela vaga de repórter especial fora criada para ele, "Queremos melhorar a qualidade das reportagens, do texto. Você vai ficar fora do dia-a-dia, vai correr só nos grandes assuntos, de preferência, só cuidará das próprias pautas." Ricardo sabia que não ia ser assim, intuía estar diante de uma versão elegante para o velho e sempre desrespeitado compromisso que estabelecia níveis admissíveis de penetração. "Claro que eles não meteriam só a cabecinha", repetia.

Cruzou a portaria comum do Condomínio Jardim de Alah, cumprimentou alguns velhos que tomavam sol na área livre que fica diante da Ataulfo e seguiu na direção do seu bloco. Pintados de bege, espalhados por todo o quarteirão que ia da Borges de Medeiros até a Almirante Pereira Guimarães, os prédios, gostava de lembrar um daqueles velhinhos, chegaram a constar de cartas náuticas em meados do século passado. Os outrora imponentes blocos de quinze andares, construídos nos anos 40 por um dos institutos de previdência do Estado Novo, serviam então de referência aos navios que chegavam ao Rio de Janeiro, monolitos plantados no areal do Leblon, divisa com Ipanema. Ricardo gostava desta história, se identificava com ela. De alguma forma, os prédios, seu apartamento, exerciam sobre ele um papel semelhante; assim como aos navios de outrora, o ajudavam a encontrar alguma direção. O apartamento fora herdado do pai, que o comprara graças às condições vantajosas então oferecidas pela ditadura varguista aos jornalistas. Era irônico, mas fazia algum sentido. Os jornais eram controlados, alguns jornalistas acabavam presos, torturados, iam parar no Dops na Rua da Relação. Isso não impedia o governo de adular a categoria, de oferecer aos repórteres empregos públicos e até um financiamento camarada para a compra de um apartamento, ainda que nas lonjuras do Leblon, aquele deserto. Mesmo que entre os jornalistas beneficiados estivessem alguns integrantes do Partido Comunista. Vários acabariam morando por muito tempo ali, o condomínio chegou a abrigar alguns *aparelhos* improvisados: gráficas clandestinas movidas a mimeógrafos a álcool, esconderijos, locais de reuniões. Tradição que seria preservada na ditadura seguinte, um integrante de uma organização guerrilheira foi preso ao tentar se esconder da polícia em uma chaminé do sistema, já então desativado, de incineração de lixo. Gordo, ficou entalado, acabou arrancado da chaminé pela polícia. Ricardo achava que tudo ali tinha alguma lógica, a decadência daqueles prédios, tão próximos à Cruzada — nisso a Adélia tinha razão —, correspondia um pouco à sua trajetória. Morava no Leblon, o melhor lugar do Rio, mas em um dos pontos mais desvalorizados do bairro. Estava entre a praia — linda, mas poluída — e um outro conjunto habitacional, este, construído para abrigar ex-favelados. Para piorar, era obrigado a conviver com a construção de um shopping de luxo entre seu condomínio e a Cruzada. As contradições se acirravam naquele canto do Leblon.

Qualquer dia desses iria tentar encontrar uma das tais cartas náuticas; enquadrada, ficaria bem em uma das paredes da sala do apartamento.

"Foi pra isso que vocês fizeram aquilo tudo? Hein? Foi pra isso que vocês armaram aquele escarcéu? Assaltaram banco, seqüestraram embaixador, tomaram porrada, foram exilados. Exilados! Anos e anos fora do Rio, isso é inimaginável. É inacreditável que vocês tenham perdido tanto tempo com essa merda. Pior, que tenham me convencido a, anos depois, também perder tempo com uma porcaria parecida. Uma época mais tranqüila, mas, mesmo assim, que perda de tempo! Só de pensar nos dias que fiquei em reunião de partido, as horas que gastei em assembléia, a quantidade de mulher que deixei de comer por isso. Mais grave: a quantidade de mulher feia que tive que comer por causa disso. Como tinha mulher feia naquele partido... Tudo bem, fazia pela causa. O engraçado é que me acostumei a traçar umas feiosas, tomei gosto pela coisa. Mas sabe lá o que é passar um domingo de sol panfletando em favela? Você lembra disso? Naquela época dava pra subir morro com tranqüilidade, os bandidos respeitavam, não havia tanta arma, os caras não tinham tanto pé-atrás com político. Mas era horrível. Uma vez eu quase rolei Dona Marta abaixo. Um calor do cão. Eleição era em novembro, lembra?, no meio de novembro, aquele calorão. Dava, pelo menos, pra gente ter chegado por cima, por Laranjeiras, mas o débil mental que marcou a atividade achou que era melhor subirmos todos juntos, ali pela São Clemente, um jeito de mostrarmos solidariedade com aquela população sofrida, que todos os dias subia e descia aquelas ladeiras de terra. Tinha chovido uns dias antes, tava tudo enlameado. O nosso candidato ao governo vestia calça de veludo e camisa de mangas compridas, um absoluto descompasso com a realidade, um negócio absurdo. E a gente lá, subindo o morro, parecia um bando de marcianos, a gente não conhecia ninguém, ninguém conhecia a gente. E a gente subia, entregava aqueles panfletos imensos, cheios de texto, com uma puta análise de conjuntura, o impasse da ditadura, a crise do capitalismo, a emergência do poder popular, a construção de um partido que viabilizaria o protagonismo dos excluídos — nem sei se a gente falava excluído na época. E tome lama, aqueles barracos de madeira podre, tome cheiro de merda, aquelas valas correndo morro abaixo. Eu tomei um estabaco, quase caí de cara num valão. A maluca da Deyse ficava gritando naquele megafone, conclamando o povo, chamando para a luta, para a organização. Aquela voz esganiçada, aquelas banhas brigando com a camiseta, aquele sovaco cabeludo, a marca de suor nos sovacos, a testa pingando. E ela berrava, companheiros, companheiros, companheiros! Chegou a tomar um esporro de um negão que tava bebendo numa birosca: 'Pára de gritar aí, ô gordinha, parece crente, porra!' E a gente lá, uns quinze malucos, dando panfleto, os panfletos que iam virando aviõezinhos de papel, virando barquinhos que flutuavam naquelas valas cheias de merda. A análise de conjuntura navegava naquele oceano de bosta, de cocô, de mijo — não deixava de ser simbólico. E os neguinhos pedindo camiseta, querendo boné, e a Deyse explicava que não oferecíamos camiseta porque éramos diferentes, que éramos de um partido pobre, sem recursos. Nós, pobres! Um bando de mauricinhos brancos, cara de rico, dizendo que éramos pobres praqueles moradores do Dona Marta! E ela não parava de falar, explicava que, ao contrário dos políticos tradicionais, que roubavam dinheiro público, que recebiam grana dos banqueiros, dos empresários, nós tínhamos que vender estrelinhas, brochinhos, adesivos para os carros. E ainda tinha a coragem de oferecer aqueles badulaques pros sujeitos. Como se alguém ali fosse botar a mão no bolso pra ajudar aqueles manés. Como se ali todo mundo tivesse carro, pra colar aqueles adesivos bonitos, coloridos. As mulheres, com filho no colo, vinham pedir vaga em escola, emprego pros maridos, dinheiro pra comprar botijão de gás, pediam tudo. Uma gritaria só: a Deyse se esganiçando de um lado com o megafone, as mulheres berrando, pedindo, exigindo, enfiando o dedo na nossa cara. O candidato, coitado, mal conseguia falar, parecia que a única preocupação dele era não escorregar naquela bosta, ele estava de sapato com solado de couro, parecia que ia rolar lá de cima e só ia parar na São Clemente. Fora os que botavam a cabeça pra fora dos barracos — na época, os barracos eram de madeira — pra gritar

'Brizola!', 'Brizola na cabeça!' E tome da Deyse explicar que nosso projeto não era populista, que apostávamos na organização, que não acreditávamos em líderes carismáticos e personalistas que só serviam para desmobilizar o povo, que costuravam acordos espúrios, que aceitavam qualquer um em seus partidos, que faziam um discurso de esquerda mas que tinham práticas de direita, que negociavam com a ditadura, com políticos ladrões, que topavam qualquer coisa pra chegar ao poder. Teve uma mulher que meteu uma vassoura na cara da Deyse, disse que ia dar uma porrada nela se ela não parasse de falar mal do Brizola. Na boa, se eu encontrar a Deyse fazendo campanha eu sou capaz de votar na direita."

Ricardo passara a noite de segunda-feira bebendo com Ernesto na varanda do Jobi. O amigo limitava-se a ouvir seu desabafo. Volta e meia levantava-se para ir ao banheiro, mas Ricardo continuava a falar, puxava o Paiva pela camisa, o garçom se equilibrava pra não derrubar os copos de chope que trazia na bandeja. Ricardo precisava contar também para ele que passara o sábado em Madureira, cobrindo um corpo-a-corpo de campanha promovido por um candidato à Prefeitura. A experiência fora o mote para o "Foi pra isso que vocês fizeram aquilo tudo?". Ricardo esmerava-se nos detalhes, na chuva, nos ônibus, no caos do trânsito da Edgard Romero, nas vans que, por alto-falantes, anunciavam seus trajetos. Anúncios precedidos de um sinal eletrônico que fazia lembrar o que, no aeroporto, alertava para a chegada e partida de aviões. Os destinos em Madureira eram outros: Senador Camará, São Gonçalo, Campo Grande, Bangu, Realengo, Piedade, Engenho Novo. Os trajetos alardeados pelas vans se misturavam aos gritos dos cabos eleitorais, aos murmúrios atropelados de bêbados que assediavam jornalistas, ao choro das crianças que pediam algo para suas mães, aos berros das balconistas que, abraçadas, diziam sacanagens para o candidato: "Gostoso!", "Vem botar na minha urna!", "Tesão!" O candidato prometia empregos, desenvolvimento, escolas, creches, segurança, metrô, saneamento, água, luz, telefone, casa, comida, garantia honestidade, pureza de princípios, compromisso com a verdade, com a religião, com qualquer religião. Diante dos repórteres, nas entrevistas, demonstrava ser dono de um discurso mais sofisticado, elaborado, cheio de citações politicamente corretas, de conceitos claros, definidos; reciclava velhos jargões da esquerda, agora associados a idéias liberais, dava um jeito de agradar todos os eleitores. Ressaltava o papel do Estado mas destacava sua fé no mercado, na iniciativa privada como promotora do crescimento. Ricardo anotava as declarações, tentava fazer uma ou outra pergunta, mas sua voz rouca era superada pelo esganiço de uma lourinha da rádio, de camiseta azul, jeans e tênis vermelhos e sujos, pelo vocativo berrado pelo repórter de cabelos enrolados e barba por fazer, pelo empurrão de dois ou três fotógrafos, pela cotovelada de um cinegrafista de TV. Queria sair logo dali, essa merda não acaba, percebia como praga rogada o dístico pintado na entrada do Mercado, o desejo de volte sempre feito pelos comerciantes locais. "Deus me livre de voltar aqui, eu quero ir embora, eu quero ir embora."

O Paiva já se esquivara, os ouvidos do amigo eram, de novo, o alvo preferencial de Ricardo. "Ernesto, meu caro, você não faz idéia do que é aquilo. Sorte a sua ter ido pro Banco do Brasil, feito carreira. Agora pode ficar aí quieto, passar o dia de chinelos. Pode jogar vôlei na praia, dormir de tarde, fazer ronda nos botecos. Você devia era pagar pelas merdas que me fez fazer. E a Deyse, hein? Que fim deve ter levado? Que tenha ido pra bem longe, pra São Paulo, Deus me perdoe por desejar essas coisas..."

Mesmo o viúvo parece ter perdido o ar de choque que ocupara seu rosto durante as primeiras horas daquele velório capenga. Ainda na noite de terça, chegara a levantar o plástico preto que envolvia pedaços de sua mulher, examinara a bolsa branca manchada de sangue encontrada perto do corpo, fizera ligações pelo celular. Chorou um pouco, em pé na areia, de costas para o mar, braços e cabeça apoiados em um dos degraus da escadaria de pedra que liga a praia ao calçadão. Agora, sentado no banco, olha para o mar, para as ondas, para um ou outro pescador que desafia o frio na ponta da pedra do Arpoador. Não fala, quase não se move. Parece incapaz até de acender o cigarro que, há mais de dez minutos, segura com a mão esquerda. O isqueiro permanece na mão direita. Alguns clarões vindos do fim do Leblon, da Niemeyer, talvez, chegaram a desviar um pouco sua atenção. Todos olharam para o morro, perceberam uma rápida sucessão de luzes, flashes que tentavam furar o bloqueio da névoa, alguns ruídos distantes, fogos ou tiros. Nada percebível com clareza, uma comemoração, um tiroteio qualquer, uma besteira dessas. Algo que permaneceria encoberto pela bruma.

Os outros repórteres já tinham ido embora, só esperaram pelo fim dos trabalhos dos peritos: dois sujeitos que fizeram uma ou outra medição, bateram algumas fotos, abriram rapidamente o saco onde estava o corpo. Os fotógrafos dos jornais e cinegrafistas das TVs registraram o trabalho de longe, as imagens de perto seriam impublicáveis. Ricardo e Pimenta, o fotógrafo do *Diário*, permaneceram no local: a matéria tinha sido passada por telefone pouco depois da meia-noite, pegaria o segundo clichê. Mas a chefia insistiu que eles deveriam ficar por ali, a história era muito boa, talvez houvesse algum fato importante na madrugada, Ricardo tinha um ótimo texto, poderia transformar cenas dispersas em uma boa reportagem — fica aí! Em algumas horas chegaria o rabecão; o corpo, os pedaços que ali estavam, seria recolhido. Daria, quem sabe, para tentar uma matéria de comportamento, uma boa foto, pelo menos. O contraste entre a barbárie e o movimento de corredores, de ciclistas, de gente que acorda cedo para andar na orla. Uma foto, claro: as pessoas correndo, caminhando, pedalando, passando ao lado daquele embrulho mal-ajambrado, um saco de lixo fora do lugar, não recolhido pela Comlurb. Um corpo sem vela, nem vela se coloca mais ao lado de um corpo.

Nada a apurar, o motorista e Pimenta dormiam no carro do jornal e Ricardo ali, sem sono, lamenta-se por ter parado de fumar. Na falta do que fazer, culpa seus filhos — estava ali por causa daquele maldito almoço vespertino; pedira para entrar mais tarde, sabia que iria precisar de tempo para se recuperar da conversa com aqueles dois. Bem feito, além do almoço ainda fui obrigado a testemunhar a reencarnação de Adélia e acabei tendo que virar a noite. Depois de mais de trinta anos como jornalista, Ricardo estava de volta à madrugada, posto normalmente ocupado por iniciantes ou por veteranos que sabem que aquela será sua última função no jornal. Alguns até gostavam de trabalhar naquele horário: era uma boa maneira de não ser obrigado a ficar em casa, uma forma de diminuir os contatos com a mulher. Enquanto ela dormia, ele trabalhava; quando ela acordava, ele chegava em casa para descansar. Uma boa troca, segredo de uma convivência feliz. Ricardo não tinha mulher, não precisava apelar para aquele tipo de exílio. Para compensar a dobra, teria uma folga na quinta-feira, mas, depois, sequer desfrutaria do consolo da volta à rotina. Não conseguia imaginar como lidaria com a nova vida que lhe fora imposta na tarde daquela terça-feira. Aquela filha-da-puta me aprontou mais uma, devo ter rezado mal a Madipra. Talvez, além das preces habituais, deveria ter estabelecido uma espécie de rosário, algo que me obrigasse a, uma vez por mês, sei lá, rezar a oração várias vezes num mesmo dia. Um mantra, algo mais forte, mais poderoso. O homem deveria evoluir da condição de casado para a de viúvo, o divórcio deveria ser eliminado. Os ex-cônjuges, pelo menos, deveriam ser obrigados a morar em países, em continentes diferentes. Deveria haver alguma restrição a contatos pessoais pós-separação. Uma moratória de uns quinze, vinte anos.

Pensaria nisso depois, agora tinha algo mais urgente para se preocupar: o plantão naquela madrugada era acidental, mas simbólico. Por quanto tempo ainda suportaria esperar na porta de delegacias, de hospitais? Por quantos anos teria que encarar as escadas de granito preto que levam à recepção do edifício da Polícia Federal, na Praça Mauá? Tinha prometido que jamais voltaria a se sentar naqueles degraus, esperaria de pé o tempo que fosse necessário. Mas até quando manteria a promessa? Por quantas horas agüentaria esperar? Mais: até quando aturaria cara feia de delegado, de delegado sabidamente safado que gostava de ser grosseiro com jornalista? Quem sabe, dali a alguns anos, não seria deslocado em definitivo para o plantão da madrugada, como o Benevides? Ex-isso, ex-aquilo, ex-chefe de reportagem, ex-sub da Geral, ex, ex. Terminou fazendo a ronda dos cemitérios, todas as tardes pegava o carro e ia conferir quem tinha sido enterrado. Uma ronda limitada ao Caju e ao São João Batista, para onde eram levados os corpos que mereciam algum registro — os mortos de Jacarepaguá, Irajá e Niterói que descansassem anonimamente em paz, não haviam sido notícia na vida, não o seriam na morte. Um dia, o Benevides reclamou: no cemitério de São Francisco Xavier, no Caju, tinha um cachorro magro, sarnento, que adorava vê-lo. Todos os dias ia saudá-lo, buscava um carinho, enroscava-se em suas pernas, tentava lamber suas mãos, o acompanhava o tempo todo. "Eu não suporto aquele cachorro que fede a defunto, Ricardo. Porra, eu tô velho, mas não tô acabado, não desaprendi a fazer jornal, eu sei escrever, não precisava ser humilhado desse jeito. Já ensinei muita coisa a esses merdas daqui, já furei muita gente, já quebrei galho, passei matéria, fui assessor de governador, de prefeito, fiquei anos na chefia. Agora, sou setorista de defunto, meus personagens sequer falam, não dão entrevista: onde já se viu morto abrir a boca? Eu tô fodido, Ricardo. Tenho uma sobrinha que quer ser jornalista, se matriculou numa faculdade de São Gonçalo. Toda semana ela me pede pra vir aqui, quer que eu a traga, a leve para a rua acompanhar uma reportagem. Você acha que eu tenho coragem de vir com ela aqui? Você acha que eu posso mostrar o que é que eu faço, você acha que eu vou deixar que aquele cachorro filho-de-uma-puta dê uma lambida nas pernas dela?" Benevides acabou sendo demitido, forçado a se aposentar. As vagas na reportagem iam diminuindo, não dava mais para mantê-lo.

Uma história, uma história, João Carniça, por favor, uma história. Algo que me tire daqui, que imponha o riso, a banalidade e o humor diante de tudo isso que ocupa minha visão, meus sentidos. Uma história engraçada, de repórter que tropeça em cadáver, que escorrega morro abaixo agarrado num corpo, que desfaz o local do crime. Uma história, daquelas, antigas, de fotógrafo que invadia a casa da vítima para roubar documentos e conseguir uma foto, o boneco que seria estampado na primeira página no dia seguinte. Ou de fotógrafo que mete a mão no bolso da calça do defunto e retira a carteira para lhe roubar a cara exposta na identidade.

Uma história, porra. Uma história que dilua um pouco o drama deste crime, deste pedaço de corpo. Que o reduza a um simples presunto, à metade de um presunto, dane-se. Que ele seja um pedaço de corpo sem história, sem marido, sem filhos. Uma mulher sem-nome, que nunca brincou quando era criança, que não foi à escola, que jamais ralou o joelho, que não se apaixonou pelo menino bagunceiro da turma, que não treinou beijar chupando laranja, que não ficou de calcinha molhada na primeira vez que dançou com o tal menino bagunceiro, já um grandalhão de 14 anos. Uma dessas vítimas que todo dia aparecem no jornal, ou que sequer aparecem, se forem muito pobres, muito pretas, morarem muito longe. Não quero pensar nesta mulher, neste viúvo, no Benevides, não quero pensar em mim, no que que eu vim fazer aqui. Uma história, porra, uma história, antes que comece a achar que eu também estou sendo velado na calçada, sem vela e sem flores: Aqui jaz Ricardo Menezes, jornalista, morto de tédio, de desespero e de falta de saco. Haverá definição médica para saco cheio? Hipertrofia escrotal, talvez? Antes disso, uma outra história. Vontade de pedir como quem reclama mais um chope ao garçom: meu querido, uma saideira: me traz um daqueles casos, daqueles acumulados durante anos e anos, em várias profissões. Casos que diluem os dramas, que permitem o trabalho de médicos, enfermeiros, legistas, coveiros e, vá lá, pistoleiros. Histórias acumuladas por homens e mulheres que se acostumam a ver a morte com olhos profissionais, neutros, frios. Mais um, menos um. Morreu um, morreram vários, um sangrou demais, outro, nadica de nada, nem parecia ferido, a bala fez um buracão, dava pra ver o osso. Frases ditas em cantinas apertadas, em pausas para o café de garrafa térmica, em meio a comentários sobre futebol e novela. Agora, por favor, é a vez da minha história, na pressão. Como aquela ocorrida com o Gumercindo. Foi lá pelo meio dos anos 70. Ele precisava conseguir uma imagem do morto, um homem de seus 40, 40 e poucos anos de idade, assassinado em Vargem Grande. Foi para a casa da viúva, que estava sozinha, trancada, envolvida no luto, ainda chocada pela notícia da morte do marido. O Guma era metido a bonitão, corria no Aterro todos os dias, morava ali no Catete, na Arthur Bernardes, eu acho. Cabeleira loura bem penteada, usava um topete para disfarçar um pouco o tamanho do nariz. Andava com umas camisetas apertadas, gostava de mostrar os músculos dos braços. Fomos até a casa da mulher, eu, ele e o motorista. O Guma me disse pra ficar no carro, "Deixa isso comigo, garoto". Bateu na porta, e nada. A mulher não queria conversa, sequer apareceu para perguntar quem queria falar com ela. Na época não tinha esse negócio de interfone, de quem deseja falar com ela. Era bater na porta, tocar a campainha e esperar. A casa tinha uma porta de ferro, toda cheia de desenhos, era muito comum ver essas portas nos subúrbios. Um vidro canelado escondia o que se passava lá dentro, garantia a privacidade dos moradores. Não havia qualquer movimento, nenhuma luz acesa, nada. Mas o Guma insistiu, era um chato. Queria porque queria a foto do defunto. Eu fiquei lá no carro, vendo. Ele tocou a campainha de novo, bateu na porta, insistiu, pediu por favor. Tanto fez que a viúva abriu o vidro da porta: só um pouquinho, mas o suficiente para que ele desse uma rápida olhada nas pernas da senhora. Uma viuvaça. Deu pêsames, se lamentou, inventou que tinha perdido um tio num assalto, chorou um pouquinho, mentiu de tudo o que é jeito. E perguntou se ela poderia lhe dar um copo d'água. Ela, enxugando os olhos, disse que sim, claro. Abriu a porta para passar o copo. Mais uns dois, três minutos de conversa, e ela autorizou a entrada do Guma na casa. Depois, fechou a porta. Passou um tempão, e nada. Eu já tava preocupado, até pensei em ir lá, ver o que tava acontecendo. Mas o motorista me impediu, "Ele sabe o que faz".Uns quarenta minutos depois o sujeito saiu, entrou no carro, arregalou os olhos, levantou as sobrancelhas, franziu a boca:

— Tive que comer a viúva, mas consegui o boneco do cara.

Ricardo precisava lembrar de episódios que o fizessem se sentir assim, de couro duro, cascudo. Alguém capaz de transar com uma viúva para conseguir uma foto, uma matéria. Casos como esse, como os do João Carniça eram bons, contados e recontados entre repórteres, principalmente entre os que volta e meia eram obrigados a ficar de plantão em delegacias, diante de casas de seqüestrados. Nessas horas é preciso ter um estoque de boas histórias, elas é que ajudam a passar a noite, fazem as horas correr mais depressa. Horas que não passam, que se arrastam — e olha que já são duas e pouco. Não, não vale usar a velha piada, "Vamos por partes, como o esquartejador". Este mote fora gasto no fim da noite, na hora em que ditava a matéria para a redação. O redator dissera isso. Ele, Ricardo, fizera aquela mesma piada inúmeras outras vezes. Nunca, porém, diante de um corpo que sabia esquartejado, jogado ali no começo da praia, velado por dois PMs sonolentos, por um viúvo pasmo, incapaz de chorar, de gritar. Um corpo vigiado por uma bolsa branca manchada de sangue aberta, jogada a uns dois metros de distância. Uma história, uma história. Vontade de ligar para o Maurício, de acordá-lo, porra, seu maluco, me fale aí um daqueles casos que você conta nos seus shows, na TV.

Essa não aconteceu com o Carniça, mas com o Sodré. O Carniça certamente ficaria orgulhoso, veria o fato como uma comprovação de que o verdadeiro jornalismo resistia, estava vivo, não tinha sucumbido à invasão daqueles moleques de faculdade, de óculos coloridos, de cabelos espetados, de mocinhas que falavam inglês, japonês, francês e não-sei-o-qüês. O Sodré, diria, é um dos nossos. Só um herdeiro legítimo do Carniça pra fazer um negócio desses. Um Carniça melhorado, diplomado, bem-pensante, ou quase isso. Só um doido como ele pra arrumar uma notícia depois daquelas duas semanas de plantão.

O chefe de reportagem dissera: vai lá que vai dar merda, vai rolar outra invasão, a PM vai voltar na favela, naquela, onde houve a chacina. O editor reforçou: contou que os soldados estavam bolados, não gostaram do que os favelados ficaram falando, descendo o cacete na polícia, aquelas coisas de policial-bandido, de comando azul... Sodré sabia que era improvável, mas que podia dar merda, podia. Não faltava maluco na PM, gente capaz de fazer uma nova invasão, de dar um sacode no presidente da associação de moradores que andara acusando o batalhão inteiro. Não tinha jeito, tinha que esperar, ele mesmo se dispusera a fazer o plantão nas madrugadas. O problema é que não acontecia nada. Até a meia-noite, durante dias e dias, o Sodré ficava num boteco, a menos de quinhentos metros da favela, comendo sanduíche de queijo prato, bebendo guaraná, jogando conversa fora com o fotógrafo, ouvindo as cascatas do motorista. Depois, por segurança, voltava pro carro, se afastava um pouco do morro e ficava olhando. Uma, duas, quatro, sete noites e nada. Duas semanas: e nada. Sodré então resolveu partir pra ignorância. Falou pro fotógrafo vou ali e já volto. Foi até o orelhão, ligou pra casa do pastor, um que morava na favela. Fez voz de bandido, do que julgava ser voz de policial-bandido: "Manda esses teus vagabundos vazar que a gente vai passar o rodo, invadir essa merda, dessa vez não vai sobrar ninguém pra dar entrevista, pra aparecer no jornal, na televisão, pra ficar falando besteira em rádio. Agora é pra valer, porra. Em cinco minutos a gente chega aí!" Depois foi só voltar pro ponto de observação. Dali a três, quatro, cinco minutos começou a correria, a confusão. As luzes do morro foram acesas, as mulheres corriam com as crianças no colo, com filho sendo puxado pela mão, os moleques vinham quicando pela favela; os homens desciam atabalhoados. Tinha gente só de calcinha, só de sutiã, uma porrada de homem de cueca, quase todo mundo descalço, em quinze minutos o morro desceu inteiro, o pessoal do *movimento*, do tráfico, correu pro meio do mato. O morro ficou deserto. A primeira página ganhou uma manchete bonita, ilustrada por uma ótima foto: "Boato de nova chacina provoca tumulto na favela".

O Carniça ficaria orgulhoso, sem dúvida.

— Não, eu não faço a menor idéia de onde fica isso. Você sabe, eu nunca botei meus pés na África...

— A cidade fica na Índia, pai. Depois reclama que a gente não conversa com você. Você não presta atenção no que a gente fala... — disse Caroline com um discreto sorriso enquanto fazia um leve movimento de cabeça, da direita para a esquerda, um gesto curto, suficiente para afastar os cabelos louros que ameaçavam cobrir seus olhos.

(Hoje não, hoje não. Por favor, hoje não. Eu vou resistir, não vou ironizar, sacanear, fazer piada. A Índia é legal, meditação transcendental é do caralho, o rio Ganges é lindo, limpinho. Tudo isso é legal, é legal. Aqueles intocáveis se arrastando esfomeados pela calçada, aceitando ser humilhados, pisoteados, são exemplos dignificantes da condição humana. Aquelas multidões andando pelas ruas, esbarrando em vacas, escorregando em cocô de elefante... Isso tudo é tão lírico, tão bonito. E a minha filhinha aqui, a filhinha da Dra. Adélia, fresquinha, lourinha, perdida no meio daquela multidão, enfiada naqueles panos esquisitos, distribuindo esmolas, comendo aquelas coisas gosmentas, entupidas de *curry*. Ela que não sabe viver sem um hambúrguer com fritas acharia tudo *realmente* lindo, exemplar, ficaria impressionada com a energia que rola por ali, uma energia incrível, uma força, puxa, caraca! não dá pra contar.)

— África, Índia... Bem, filha, você sabe como eu resisto a esses lugares. É até, admito, um pouco contraditório comigo. Eu, que sempre me considerei de esquerda, tenho uma profunda dificuldade em me imaginar em países de miséria crônica. Talvez seja uma sensação de impotência, de desespero. Aqui no Brasil dá pra ter, ou dava, sei lá, a ilusão de que é possível fazer mudanças sociais, garantir vida digna para todos. Mas na África, na Índia... Bem, eu só vou se for a trabalho. E torço pra não ir. Mais: fico preocupado com sua ida. Pior é que esse buraco aí deve ficar no interior do meio do mato, um lugar certamente ainda mais atrasado, sem esgoto, sem água limpa...

— Mas, pai — o gesto agora era outro. Enquanto mastigava um pedaço de pão integral com queijo de cabra, Caroline fazia um rápido jogo de mãos para prender com um elástico o rabo-de-cavalo —, essa é a grande questão. Ir pra uma capital é fácil, mas lá, sabe como é?, esse lance de religião, de filosofia... Isso existe, mas, assim, sabe?, já tá meio turistão, meio McDonald's. Sabe aquele lance que você dizia, de macumba pra turista? O Hamiltinho, que vai comigo, falou muito sobre isso. A busca de uma viagem profunda pelo nosso interior deve, assim... deve ter a ver com uma viagem externa, assim... um lance de se embrenhar pelo país, é lá que ficam os grandes mestres, os sábios...

— ...as grandes epidemias também. É lá que ocorrem aqueles grandes desastres de trem que matam uns cinco mil de cada vez. Deve ser método de controle demográfico... (Puta que pariu, falei...)

— Paiêêêêê... Você não consegue ver isso. A gente em busca da superação do nosso carma, uma coisa assim, de grande mudanças... Sabe? É como um banho, uma limpeza...

— Sei, Caroline. Você vai trocar o mar de Búzios pelas águas do Ganges. E acha que vai ficar mais limpa. Desculpe, mas isso é inconcebível. Há maneiras mais simples de se matar. Mais baratas também.

Caroline soltou os cabelos, jogou em uma cadeira o elástico que os prendia. Com as mãos fechadas, deu uma série de curtas batidas na mesa. O brilhante espetado no seu nariz subia e descia à medida que ela apertava os olhos e balançava a cabeça.

— Você não entende, não vai entender nunca. Por isso fica aí, pesado, arrastando carmas e mais carmas, sem consciência das vidas anteriores, dos pesos acumulados.

(Tentei, mas não vai dar. Carma é o cacete. Foda-se!)

— Meu peso é resultado de chope, de comida, feijão, arroz, batata frita. É algo físico, concreto. Palpável. Pode ter a ver com preguiça, com descuido, com uma certa falta de vergonha na cara, com falta de mais exercício. Mas não tem a ver com essas picaretagens esotéricas internacionais como essa em que você quer se meter.

— Eu não acredito que você esteja dizendo isso.

— Deveria acreditar. Olha, eu prometi que ia me controlar, que ia ficar calmo, mas, Caroline, não dá. Não dá pra ficar calmo quando minha filha, linda, gatinha do Leblon e Ipanema, diz que quer passar seis meses na África, na Índia, no Afeganistão, sei lá. Certamente é um lugar cheio de pobre, de gente passando fome, com milhares de miseráveis lambendo o chão, brigando por um saco de qualquer coisa jogado por voluntários de uma dessas organizações humanitárias. Uma tristeza, uma degradação. E a minha filhinha que tem nome de princesa quer torrar uma grana para ir até lá se divertir à custa desses fodidos. É imoral, Caroline — Ricardo começava a gastar a munição acumulada, parecia atirar não apenas com a boca, mas com os olhos, com as mãos, com todo o corpo.

— Mas, paiêêêêê... Eu não vou pra lá pra sacanear ninguém. Já falei, vou lá com o Hamiltinho, um cara que conheci num ciclo de meditação em São Paulo. Ele é superdescolado, entende muito de filosofia indiana. A gente vai se encontrar com o guru dele, um homem iluminado, sábio. Nós dois vamos fazer um curso de imersão filosófica, algo profundo, intenso. O Hamiltinho diz que as sensações são incríveis, inesquecíveis.

— Profundo, intenso, sensações inesquecíveis. Com todo o respeito, sem qualquer preconceito, minha filha: esse Hamiltinho é gay? Não, não faz essa cara, não quero ofender o sujeito, ele que dê o que for dele, se for o caso, claro. Mas, minha filha, eu não consigo acreditar nisso. E o tal guru? Homem iluminado, sábio... Deve ser um daqueles que colecionam rompimentos de cabaços étnicos, trazidos voluntariamente por virgens do mundo inteiro. Isso, pelo menos, ele não vai conseguir com você, o sujeito de turbante vai chegar atrasado, bem atrasado, né, filhinha? Não deixa de ser um consolo...

— Paiêêêêê...

O tom de voz de Ricardo e o grito de Caroline pareceram assustar o garçom que trazia as saladas pedidas como entrada pelos dois jovens. Ele estancou o passo, interrompeu o movimento. Pareceu esperar uma ordem, era mesmo para servir aqueles pratos?

Carlos notou o constrangimento do garçom. Olhou para o pai, para Caroline e, depois, sussurrou um "Sirva, por favor" para o homem que fingia prestar atenção no movimento da rua ali em frente.

— Tá, tá bom, desculpa. — Ricardo esperou que o garçom se afastasse para pegar mais um pedaço de pão com manteiga e retomar a conversa com a filha. — É que, Caroline, filha, você sabe como eu tenho horror a esses malucos, a esses picaretas de turbante, de bigode e barbicha sebentos que vivem enrolados em panos cor-de-abóbora. Ainda mais quando usam aquela pedrinha no meio da testa. Sei que não sou um exemplo de pai, não sou um bom protetor, eu sei. Você sabe que eu sei. Mas, entenda, não consigo ver minha filha nas mãos desses picaretas.

— Quem disse que ele é picareta? Você nem sabe quem é ele. Você não perde a mania de querer entender de tudo... Como a mamãe diz, vocês, jornalistas, acham sempre que entendem de tudo.

Ricardo olhou em volta, certificou-se de que o garçom estava longe, devolveu um pedaço de pão para a cestinha de vime forrada por um guardanapo de linho rendado. E aumentou ligeiramente o tom de voz.

— Olha, por favor, eu dispenso ouvir comentários da sua mãe. Mas, enfim, eu não sei por que que você está me consultando sobre isso. A gente já sabe o que vai acontecer, não sabe? Eu vou chamar esse seu projeto de babaquice, você vai dizer que eu sou um grosso, um estúpido, eu vou dizer que sou grosso, estúpido e mal-humorado, mas que não sou babaca pra dar crédito pra esses safados que ficam arrancando grana de moleques bem-nascidos pelo mundo afora. Ah, já que você falou *nela*. Vou dizer também que a culpa é da sua mãe — pelo menos pra isso aquela louca serve, ela é sempre culpada! A culpa é dela que cede a qualquer projeto maluco que você apresenta. "Mamãe, vou pro Alasca", "Tá bom, filhinha, não esqueça o casaco", "Mamãe vou pra uma comunidade no interior do México", "Tá aqui o dinheiro, amor, vê se não engravida de um chicano..."

— Pára, paiêêêêêê...

— Não falei? Você vai ficar magoada, você *já* está magoada. Daqui a pouco vai chorar, se levantar da mesa, irá ao banheiro lavar o rosto e sairá do restaurante sem comer nada.

— Você não muda, né?

— Nem vocês, né? E olha que sou mais velho, tenho o direito de ser mais teimoso, mais irascível, mais chato.

— Vamos parar com isso? — A voz grave de Carlos secundada por um leve soco no prato interrompeu a discussão. — Acho que já chega, né, pai?

— É crime criticar a filha, Dr. Carlos? Posso ser preso?

— Não, pai. Não é crime, mas você está sendo um pouco cruel demais. Você não tem esse direito.

— A hora da culpa. Já sei, agora você vai aproveitar a carona para dizer que sempre fui um pai omisso, desleixado, egoísta, incapaz de dar amor e carinho a vocês. Certo?

— Não perco tempo com obviedades, você já deveria saber disso.

A frase foi pronunciada sem qualquer emoção, não havia na voz de Carlos nada que denotasse mágoa, tristeza. Não havia sequer uma cobrança ali embutida. É o que é e pronto, como dizia aquele velho português do prédio. Ricardo, por mais que conhecesse seu filho e sua capacidade de desmontá-lo, sentiu o golpe. Fora mesmo um pai omisso; Carlos, objetivo, não perderia tempo com este tipo de constatação. A secura presente na voz do filho era o atestado mais claro de sua crônica dificuldade de compreendê-los, de criá-los, de — porra! — resgatá-los das garras daquela arrivista deslumbrada. Acabara de perder mais uma chance. O nervo exposto fora mais uma vez atingido, perfurado. A rotina fora cumprida. Mais uma vez sairia dali ainda mais distante dos filhos que, por sua vez, se aproximariam mais um pouco de Adélia. Tudo bem, a safada tinha mais dinheiro, muito mais dinheiro, isso conta. Mas Ricardo sabia, não fora apenas pelo dinheiro que ele acabara abandonado pelos filhos. É claro que isso contribuiu: entre a chance de morar na Delfim Moreira e num daqueles prédios decadentes o que você faria? Nem a vista para o mar ele tinha mais, lhe fora tomada pela especulação imobiliária, materializada em um prédio bem ali na sua frente. O primeiro de uma série. Uma perda que fora construída em capítulos. Com os dois primeiros andares lhe surrupiaram a visão do calçadão; mais um e lá se foi a maior parte da faixa de areia, que sumiria por completo com a construção do quarto andar. A subida dos tijolos que fechariam as paredes do quinto andar antecipou o ciclo de perdas que se completaria com a saída de Adélia e das crianças de casa. Num espaço de poucos anos ficou sem a visão do Oceano Atlântico, sem mulher e sem filhos. O oceano, ao menos, continuava no mesmo lugar, ali pertinho. Mas, de forma literal, perdera o horizonte, seu confinamento se tornara mais concreto, duro como a porrada que acabara de receber do filho.

Mas sempre soubera esconder suas mágoas, não seria agora que iria mostrar os olhos rasos d'água, *Feliz daquele que sabe sofrer*. Mas Nelson Cavaquinho enfrentava esses pepinos bêbado, cercado de amigos e de putas. Não assim, desse jeito: sóbrio, à uma da tarde, bebendo água com gás numa varandinha de um desses restaurantezinhos chiquinhos de Ipanema. Detestava os inhos — na Copa, defendera o time-base do Parreira só para não ter que comemorar um título conquistado por Juninho, Cicinho e Robinho. Melhor perder do que ganhar com uma seleção no diminutivo. O restaurantezinho era particularmente intragável: seguia aquela espécie de neo-ortodoxia gastronômica baseada em comidas — comidinhas... — supostamente saudáveis e claramente insossas. Tinha medo de apanhar caso pedisse picadinho com farofa de ovo e batatas fritas. Era um desses lugares que colocam seguranças na calçada para impedir que o Brasil se imponha, meta seus braços pretos e magros por sobre a cerca de madeira e plantas em busca de algum trocado ou mesmo de sobras de comida. Um lugar ideal para os devaneios de Caroline e para a assepsia de Carlos — com os filhos, jogava sempre no campo do adversário.

A proximidade das eleições facilitou uma mudança de assunto, a ruptura ainda não se instalara de vez. O novo tema trazia porém embutida a possibilidade de uma nova crise. Estavam a duas semanas do segundo turno. Esse era mais um da longa lista de temas que Ricardo não gostava de abordar com os filhos. Irritava-se com as opiniões de ambos. Caroline mal saberia dizer os nomes dos dois finalistas, "Político pra mim é tudo igual", sentenciava, antes de declarar que, mais uma vez, anularia o voto. (Se é que a minha filhinha conseguiria completar uma operação tão complexa quanto esta naquela urna eletrônica.) Com o filho era pior: ele tinha uma especial capacidade de sempre optar pela candidatura antípoda àquela escolhida pelo pai, que, apesar das críticas à própria militância pretérita, ia em busca de alguém que ficasse mais à esquerda.

Carlos sempre lamentava não haver um candidato suficientemente de direita. Ou, como dizia, "Alguém que tivesse coragem de acabar com esta bagunça".

— O problema, Carlos, é que eu quero acabar com a pobreza; já você quer acabar com os pobres. É diferente. Você é daqueles que só gostam de pobre no Carnaval, no Sambódromo. Pobres de banho tomado, fantasiados de rico, felizes, cantarolantes, separados do resto da sociedade por grades bem altas, vigiados por seguranças. Pobres que passam rápido, sambando em linha reta, e vão embora. No fim do desfile eles somem, como se tragados por um alçapão. Pra ser perfeito, só se houvesse um alçapão mesmo no fim do desfile. Depois da Apoteose, os pobres cairiam num fosso infinito que os engoliria, os levaria para as profundezas da terra, de onde jamais sairiam. O único risco seria se, na confusão, alguns riquinhos que, no Carnaval, e só no Carnaval, adoram se misturar com os pobres acabassem também sendo sugados.

O garçom aproveitou uma breve pausa para perguntar se eles já haviam escolhido os pratos principais. Carlos e Ricardo optaram por uma das sugestões do dia, Caroline se disse indisposta, ficaria apenas com a salada.

Após o intervalo motivado pela interrupção do garçom, Carlos demonstrou que, mais uma vez, aceitara a isca lançada pelo pai. Irritado, passou a disparar argumentos favoráveis à recuperação da ordem, o que incluía uma aliança com a prefeitura para perseguir camelôs, remover favelas e implantar o recolhimento compulsório de mendigos e crianças de rua,

— Você me desculpe, mas não consigo entender como um futuro advogado admite essas propostas — suspirou Ricardo, logo depois de beber mais um gole da água com gás.

— Ao contrário de vocês, não proponho nada fora da lei. Apenas defendo o cumprimento do que está nas leis atuais. E algumas mudanças em outras. E vocês, o que querem, afinal? O que que vocês dizem além daquela chorumela de sempre? A história de causas sociais da violência, da má distribuição de renda, da necessidade de respeito aos direitos humanos dos bandidos... Você acha que alguém agüenta ouvir mais isso, pai? Diga, meu caro pai, velho homem de esquerda, o que que vocês propõem?

Ricardo pensou mais uma vez no quanto daria para não estar ali. No quanto desejaria que Carlos, também ele, fosse para a Índia, para o Alasca, para a puta que o pariu. Melhor, que fosse para qualquer lugar com a puta que o parira, com aquela porca reacionária que transformara seus filhos em dois fascistóides. Pior é que Caroline sequer saberia o que quer dizer fascistóides. O que fora feito de sua filha, sua princesa? Sim, princesa. No início brincava de forma carinhosa com o nome imposto pela mãe, inspirado — bem ao estilo dela — no da herdeira de um principado de opereta, um rochedo que servia para abrigar cassino, milionários que corriam do fisco e uma corrida de Fórmula-1. Mas princesa, por que não? O problema é que princesas também choram, fazem manha, xixi, cocô. Sujam fraldas e fraldas, acordam de madrugada, enchem o saco. Uma filha que exigia mais e mais carinho, atenção, cuidados; ainda por cima era asmática. Republicano convicto, Ricardo não suportaria o papel de tutor daquela nobre e chorosa princesa: cuidarei dela quando crescer, prometia, como forma de adiar o compromisso. Em tese, ainda teria algum tempo. A filha, constatava mais uma vez, não crescera, não ficara pronta.

O quase-príncipe viria um ano depois, um filho homem, capaz de despertar unânimes exclamações de "É a cara do pai". Hoje, à mesa, Ricardo olhava para Carlos e não conseguia reconhecer-se nele, por mais que fossem parecidos. Os cabelos lisos, castanhos, o queixo quadrado, os olhos pequenos, as sobrancelhas grossas, a pele bem clara, o jeito de mexer as mãos enquanto falava. Era, claro, seu filho, o Carlinhos. O mesmo Carlinhos que, mesmo depois da separação, gostava de ir ao jornal, acompanhar os últimos suspiros de equipamentos que, em breve, seriam aposentados: adorava batucar nas máquinas de escrever, ria do telex que vomitava textos e mais textos, se espantava com o processo de transmissão de telefotos. "Você fica trazendo o menino pra cá, não faz isso, Ricardo. Esse vírus pega, vai acabar jornalista, igual a você, igual ao seu pai" — o alerta dos colegas não impedia que ele continuasse a levar o menino ao trabalho. Seu menino, meu menino, meu tudo, meu mais-que-tudo. Onde e quando o perdera? Não passava de seu ex-menino, um quase-adversário que buscava irritá-lo com uma provocação recorrente, nada original. Com aqueles argumentos toscos, simplórios, indignos de seu próprio conservadorismo.

Alguns instantes de silêncio foram mais uma vez aproveitados pelo garçom para fazer pousar diante de Carlos um prato de peixe com legumes e, na frente de Ricardo, um filé com batatas cozidas, arroz e molho de mostarda.

— O que que vocês propõem? — Carlos repetia, enquanto procurava livrar-se o mais rapidamente possível do peixe, que comia em grandes garfadas.

— Você sabe o que eu defendo, o mesmo que sempre defendi. Meus argumentos já entraram e saíram de moda várias vezes mas são basicamente os mesmos. Essas coisas que você classifica de besteira, de baboseira, de populismo. O que me assusta, Carlos, é não saber o que *vocês* defendem, quer dizer, o que vocês querem *mesmo*, no fundo, os tais desejos inconfessáveis, inadmissíveis, aqueles que nunca seriam revelados para um panaca como eu, que talvez só sejam falados, sei lá, entre vocês mesmos, no meio de uma reunião animada, depois de alguns uísques.

Ricardo fez uma breve pausa, bebeu mais um pouco da água, devolveu o copo à mesa, levou um outro pedaço de carne à boca e, após alguns segundos de mastigação, adotou um outro tom, irônico:

— O uso de *napalm* nas favelas, quem sabe não é isso o que vocês, no fundo, querem? Aviões e helicópteros lançariam toneladas e toneladas, litros e litros de *napalm* nos morros, hein? Imagina só: aqueles jatos e jatos de líquido incandescente, queimando casas, biroscas e, claro, pessoas. Tudo com muito cuidado, para evitar danos à vegetação, matem os pretos, protejam o verde, claro. Imagina: todo mundo queimado, com a pele soltando, descendo os morros de forma descontrolada. Correria, filhos se perdendo das mães, aquele bando de mulher gritando, cachorros latindo, traficantes sem saber se atiravam nos helicópteros ou se corriam também... Velhos sendo abandonados, largados dentro das casas. Um mundaréu de gente se pisoteando, metendo os pés naquelas valas fedorentas, cheias de merda. Os que conseguissem chegar ao asfalto seriam então fuzilados, recebidos à bala por homens abrigados em trincheiras ou em carros blindados, uma frota de caveirões. Isso aconteceria em todas as favelas, ao mesmo tempo. Um *raid* como aqueles dos filmes de guerra. Uma versão ampliada do que aconteceu aqui pertinho, no nosso Leblon, o incêndio na favela do Pinto, que ficava ali ao lado daquele clube, o rubro-negro, onde é hoje a Selva de Pedra. Um incêndio acidental, claro, um acidente filho-da-puta, começou em quatro lugares diferentes, ao mesmo tempo. Essas coisas acontecem, né? Tudo isso poderia ser feito de maneira ampliada, organizada, bem planejada. A diferença é que, desta vez, os moradores não escapariam, onde é que a gente ia colocar tanta gente? Se vai ser difícil sepultar tantos corpos, como abrigá-los vivos? Já sei, você pode perguntar quem faria o serviço. Poderíamos, quem sabe, contratar mercenários, talvez a Aeronáutica se recuse a participar da festa, a milicada tem andado meio legalista, um horror. Mas não deve ser difícil encontrar uns caras corajosos, audazes — empreendedores, como vocês gostam de dizer. Acho que seria fácil conseguir grana para isso, os filhos e os netos dos caras que financiaram a tortura teriam até um certo prazer em dar um fim naqueles crioulos. Esses homens das milícias também não teriam problemas para aceitar a tarefa, eu acho. Uma espécie de Noite de São Bartolomeu carioca. Por que não? As favelas estão mesmo cheias de evangélicos, até nisso a nossa noite seria parecida com a original. No fundo seria isso: católicos matando protestantes para que a civilização e a ordem possam, enfim, florescer. Uma jardinagem social, uma retirada de ervas daninhas. Faríamos, de uma vez só, isso que fazemos todos os dias, essas pequenas matanças, essas invasões de favelas, as balas perdidas... Pá-pum, curto e grosso. As vielas ficariam cheias de cadáveres; os valões, entupidos de corpos. Coisa que a Comlurb resolveria em poucas horas de trabalho. Seria inesquecível, a cidade toda em chamas, a noite virando dia, imagine a Rocinha transformada numa grande fogueira? E aqui, pertinho de onde estamos, o Pavãozinho, o Cantagalo? Uma espécie de purificação pelo fogo, a grande, inimitável e derradeira barbárie que acabaria com todas as outras barbáries. O fim dos assaltos a ônibus, dos seqüestros, dos tiroteios, das disputas de território, a derrocada do comando disso, do comando daquilo. Acabaríamos com a necessidade de cotas nas universidades, você poderia ir para a Federal, não haveria o risco de se encontrar com negros por lá — a maioria teria sido eliminada. Os jornais seriam empastelados, nada de dar a notícia, de manifestar solidariedade com os mortos. Algumas bombas seriam suficientes para derrubar as torres do Sumaré, isto deixaria rádios e TVs fora do ar. Seria uma antecipação do juízo final, uma ida aos infernos que permitiria a ressurreição da sociedade. Uma releitura competente da solução final nazista. Uma vitória a fogo, cruel, mas necessária. Claro que haveria protestos, comissões, ameaças de represálias ao Brasil, aquelas besteiras todas. Mas o governo provaria sua inocência, fora surpreendido, se considerava tão vítima quanto os pobres habitantes das favelas, a gente daria um jeito de se safar. Talvez fosse preciso bombardear também alguns enclaves ricos, para que o pobrecídio não ficasse muito evidente. Quem sabe na Barra? Um daqueles condomínios cheios de novos-ricos, de jogadores de futebol. Poderíamos mirar numa daquelas churrascarias que têm mais granito do que carne, freqüentadas por aqueles idiotas, aquela gente, quase todos ex-suburbanos, vocês sabem... Não fariam muita falta mesmo e ajudariam a disfarçar. O que vocês acham? O que você acha, Dr. Carlos? Não é uma boa idéia?

Caroline assistiu ao discurso boquiaberta, o garfo com uma folha de alface enrolada permaneceu imóvel, suspenso. O movimento no diamante espetado revelava que seu nariz tremia, um antigo sinal de nervosismo. O talher, ainda com a alface enroscada, voltou para o prato. Como Ricardo previra, ela desistira de comer. Mas a cena, desta vez, viera acompanhada de uma novidade, um número extra. Caroline correu para o banheiro, cara de quem ia vomitar. "Desculpa, acho que estou passando mal." O irmão chegou a balbuciar um

"Outra vez, Carol?", mas permaneceu com a testa baixa, apoiada sobre os dedos entrecruzados. Os olhos, até então fechados, abriram-se à medida que levantava a cabeça e escorria as mãos para a borda da mesa.

— Você enlouqueceu, meu pai. Eu precisava conversar com você, falar de uns problemas com a mamãe. Mas não dá, infelizmente, não dá. Por favor, vá embora. É duro dizer isto, acredite. Mas, por favor, para o seu bem, para o nosso bem, acho que de alguma forma você quer o nosso bem, vá embora. Pode deixar que eu pago a conta.

MM morreu em um plantão de domingo, conseqüência dos hábitos, péssimos hábitos, repetiam os médicos, balançando a cabeça. Mário Menezes, 44, tinha acabado de pegar um café, de se sentar diante da máquina, de acender o cigarro. A lauda de papel-jornal fora colocada um pouco antes. Era a sua terceira tentativa de construção de um bom lide, uma abertura que atraísse os leitores para a matéria. As duas anteriores ficaram gravadas em laudas amassadas, rabiscadas, cheias de xxxxxxxxxxxx, e jaziam em uma lata de lixo revestida de linóleo verde-escuro, arrematada por um friso de metal. "Quero uma lauda de lide", dissera MM antes de levantar-se em busca do café que demandaria o cigarro que deflagraria a dose de talento necessária para a redação daquela frase que concentraria a seqüência — o que-quem-quando-onde-por que — necessária à abertura de uma reportagem. A lauda que abrigaria o lide precisava ser seduzida com a fumaça do cigarro e o gosto de café já meio frio de redação. MM morreria sem sua abertura de matéria: o coração foi mais rápido que a lauda, reagiu com maior presteza ao gosto do café e à inalação da fumaça do cigarro.

A última palavra produzida pelo repórter era uma combinação de letras incompreensível, impublicável: mnjkop. Impressas na lauda, resultado de teclas pressionadas pelo impacto da cabeça de MM que despencara sobre a Olivetti, aquelas poucas letras serviram de epitáfio improvisado, registrariam o fim de mais de vinte anos de carreira como jornalista. "Menezes!", "Pai!" — os gritos de um colega e de Ricardo se atropelaram quase que imediatamente depois do barulho seco produzido pelo movimento brusco do teclado. O filho estava sentado em uma mesa próxima à janela, lia um gibi comprado, havia pouco, na banca que ficava bem em frente ao prédio do jornal, no Centro velho do Rio. Ele e colegas de redação de seu pai correram, se debruçaram sobre o corpo de MM. O cigarro ficara preso no espaço da primeira fila do teclado; o café derramara-se sobre a mesa coberta de fórmica, pingava sobre o joelho direito da calça cinza de tergal. A notícia que ele tentara escrever — sobre a morte de dois operários em uma obra — seria redigida por um outro repórter que, constrangido, uma hora depois da retirada do corpo da redação, se viu obrigado a consultar os garranchos que registravam a apuração feita pelo colega. No dia seguinte, a notícia sairia bem ao lado da nota que registrava o falecimento de Mário de Lucca Menezes.

Era inevitável lembrar da morte do pai cada vez que levava Carlos à redação. Uma sensação tão previsível quanto os comentários que associavam as visitas a um futuro jornalístico para o neto de MM — olha só, tem o mesmo jeitão do avô, os mesmos olhos. As previsões dos colegas de redação falharam. Aos poucos, Carlos demonstraria seu desgosto de acompanhar o pai ao trabalho — gente chata, só fala em jornal, aquelas mulheres feiosas, gordas, ficam fazendo piada sem graça, me lambuzando de beijo. Mas Ricardo não tinha quem cuidasse do filho quando seus plantões coincidiam com os fins de semana em que era encarregado de ficar com as crianças. Caroline era terceirizada para uma vizinha que tinha filhas mais ou menos da mesma idade. Carlos, não. Não tinha amigos tão disponíveis, seria difícil deixá-lo com a avó, os quase 70 anos de D. Armênia desaconselhavam a idéia. Além do mais, seria complicado sair do Leblon, deixar o filho no Engenho de Dentro, ir para o Centro e, mais tarde, depois do fechamento, fazer todo o percurso inverso. Já não era simples convencer os filhos a visitar a avó, pelo menos uma vez por mês — o subúrbio, para onde ela decidira voltar alguns anos depois da morte do marido, ficava longe demais aos olhos dos netos, uma quase-viagem para um país distante e pouco atrativo. Não tinha mar, não tinha calçadas de pedras portuguesas, bancas de jornais a cada esquina, não tinha pessoas como as que eles estavam acostumados a ver no Leblon. Tinha a avó, é verdade. Uma avó triste, agarrada à pensão do marido, aos recortes de jornais com as matérias que ele publicara. Não gostava do jornalismo, atribuía à profissão a culpa pelo descaminho e morte de Mário; bem que tentara impedir que Ricardo seguisse o mesmo rumo. O ofício lhe levara o marido, mas, pelo menos, deixara aquelas pastas cheias de papel amarelado, um ou outro diploma de honra ao mérito, a carteirinha que dava acesso à tribuna da imprensa do Maracanã.

A morte de MM obrigara Ricardo a precipitar a procura de um emprego, D. Armênia não conseguiu, sozinha, manter a casa por muitos anos. O filho queria fazer faculdade, ter diploma de jornalista. Uns amigos do pai lhe arrumaram um bico de vendedor de máquinas de escrever, um ofício carregado de ironia para quem vira MM morrer sobre uma daquelas geringonças barulhentas — dali a alguns anos se vingaria delas ao saudar a chegada dos computadores nas redações. Antes, vivera o paradoxo de se manter com a venda de máquinas que, segundo o Arnaldo, um baixinho encarregado da então quase inexistente cobertura política, eram como a que servira "de último travesseiro de seu falecido e inesquecível pai". Na primeira vez que ouviu a frase, Ricardo pensou em jogar uma Olivetti sobre Arnaldo. Depois, passou a achar a definição engraçada: a imagem da tal máquina de escrever como último travesseiro paterno poderia, com alguns ajustes, caber em um samba de Nelson Cavaquinho. Nada incompatível para quem escreveu versos como *Quando eu passo/ perto das flores/ Quase que elas dizem assim:/ Vai que amanhã enfeitaremos o seu fim*. Quando vieram os computadores, Ricardo chegou a alardear pela redação que jogaria algumas máquinas de escrever pela janela. Acabou conseguindo o direito de levar para casa aquela sobre a qual seu pai morrera.

Ao contrário do corpo de seu pai, aquele ali sequer tinha direito a um velório improvisado. Permanecia envolto no saco preto utilizado pelo assassino para ocultá-lo e transportá-lo. Parecia que nada havia mudado na rotina daquele cantinho vazio da cidade. Uma cidade que demonstrava certa apatia diante de tantos e tantos casos violentos, ignorar a barbárie era uma forma de fingir que ela não existia. Não notar aquele corpo mutilado permitia admitir a possibilidade de que nada daquilo ocorrera. Como na lógica de MM: não saiu no jornal, não aconteceu. Aquele cadáver ali parecia não existir para os moradores do Arpoador. O velho Mário, nem tão velho assim, conseguira, ainda que por poucos minutos, parar uma redação. Não foi com o "Parem as máquinas", que tanto sonhou um dia poder gritar. Silenciou a redação com sua morte. Móveis foram afastados, o corpo levado para uma mesa forrada por folhas de jornal. Uma moça da limpeza trouxe as velas, a copeira providenciou uma nova garrafa térmica de café. Até um padre apareceu: Arnaldo, suspeito de ter feito a convocação, negava. Alguns mais velhos choravam, Jaílson, contínuo, sentou-se ao lado do corpo, rezava baixinho. Uma das então raras estagiárias correu para o banheiro, assustada. Depois, foi para casa, não dava para escrever matéria sobre Raul Seixas desse jeito, desculpou-se. Laura, telefonista, levou Ricardo para um canto afastado, alisava seus cabelos, enxugava suas lágrimas. Durante cinco, dez, quinze minutos, a redação, a barulhenta redação cheia de máquinas de escrever, ficou em silêncio. Nem os telefones tocavam, pelo menos Ricardo não os ouviu; as máquinas de telex permaneceram quietas. Na memória de Ricardo, tudo parou. Os cavalos que disputavam um páreo importante, o ministro que, por telefone, falava sobre crescimento econômico, o jogo no Maracanã, o assaltante que tentava arrombar uma casa, o homem traído que apontava o revólver na direção da mulher. Não havia fatos, tudo estava imóvel. Existia uma lógica por trás daquilo tudo. Não teria por que haver movimento, nada seria registrado no jornal nem iria para as páginas — não havia, portanto, motivo para que algo acontecesse. Nada acontecia porque o que ocorresse naquela hora não seria impresso. Era o que MM achava, o mundo só existia para que jornais fossem publicados. Os fatos eram vaidosos, narcisistas: aconteciam apenas para sair no jornal. Na sua lógica, não era o jornal que existia em função dos fatos, era o contrário. Para ele, o mundo não faria o menor sentido sem aquelas folhas de papel vagabundo impressas, diagramadas, organizadas em editorias. Nelas estava o que de mais importante acontecera na véspera. MM se tranqüilizava cada vez que abria o jornal — ali estava o mundo, o que de relevante acontecera. Um mundo organizado, hierarquizado, imobilizado entre as margens de cada página; sem perigo, domesticado. Por piores que tivessem sido os acontecimentos do dia anterior, o mundo não se acabara, o jornal estava ali, impresso, atestando o que ocorrera e ressaltando que a vida continuava; havia esperança, portanto. Era como se houvesse um fechador universal de jornais, um todo-poderoso secretário de Redação que, ao fim de cada dia, fazia-se ouvir por todo o planeta:

— Fatos, atenção! Ocupem seus lugares, corram, tá na hora do fechamento, não se pisem, não se atropelem, não se empastelem! Já pras páginas!

"Fazer jornal, meu filho, é brincar um pouco de ser Deus. A gente é que decide o que é importante. Só é importante o que sai no jornal. Não adiantava Deus fazer e acontecer, criar o dia e a noite, o macho e a fêmea, as estrelas, o Himalaia, o Garrincha, o cacete a quatro: se não saísse no jornal, ninguém ficaria sabendo. Por isso, Ele também criou a Bíblia, o jornal Dele. A Bíblia é igualzinha a um jornal, é cheia de boas histórias, a maioria, difícil de ser checada. Há alguns exageros, umas forçadas de barra, umas cascatas, um certo culto à personalidade: tudo como num jornal. Mas tá cheia de notícias. Uma boa equipe de repórteres, correspondentes no mundo inteiro, jornalistas com acesso a fontes privilegiadas. E que comentaristas —

retumbantes, proféticos! O tal do Moisés era uma espécie de repórter especial. O sujeito entrevistava Deus em *on*, veja só! Deus dava entrevista pra Moisés *on the record*, não pedia *off*. Imagina, Deus chegando pro repórter e dizendo: 'Pode publicar que fui Eu que disse.' Imagina a cena na redação, o chefe de reportagem enchendo o saco do pobre do repórter: 'Onde você vai, Moisés? Pro deserto de novo? Olha lá, a verba tá curta, o aluguel de camelos tá muito caro... Você garante que vai ter matéria, Ele vai falar mesmo? A manchete tá garantida?' Por isso que eu digo: a Bíblia é um jornal. A diferença, no duro, é que todo editor acha que é Deus; no caso da Bíblia, o cara era Deus mesmo. Você lembra do lide que Ele escreveu? O cara começa o jornal Dele, a Bíblia, anunciando que criara a luz e, logo depois, o resto do mundo. Você já viu abertura de matéria melhor do que esta? A criação do mundo? Ele, Deus, gostou tanto desse negócio de editar jornal que, quando mandou o filho, preparou uma nova edição. Enviou também os repórteres, os evangelistas, os responsáveis por contar aquela história espetacular. Evangelho, a catequista deve ter dito isto pra você, é boa nova, boa notícia. O cara, Deus, sempre foi bom nisso. Grande jornalista, o melhor de todos, o mais perfeito. Criava os fatos e dava um jeito de publicá-los. Sabia que, se não tivesse ninguém para contar a história, não adiantava nada curar cego, multiplicar peixe, botar filho pra morrer na cruz, ressuscitar o sujeito. Ele é tão bom, tão vaidoso, que guardou pra Ele a outra grande notícia: o fim do mundo. A única capaz de rivalizar com a que anunciou a criação disto tudo aqui. Quer saber? Acho que o mundo não vai acabar nunca. Quem é que ia ler a notícia?"

Aos poucos, logo após a remoção do corpo, a redação recuperou seu movimento. "Vamos, vamos", dizia o chefe do plantão, pousando a mão sobre ombros de repórteres e redatores. "O jornal tem que sair, o Mário ia ficar puto se soubesse que, por causa dele, a edição atrasou."

Arnaldo, o que teria sido feito de Arnaldo-Anão-de-Jardim, Tamandaré-sem-Espada? Sempre perfumado, cabelos bem-penteados, barba grisalha; usava abotoaduras douradas, gravatas berrantes que tentavam combinar com ternos resplandecentes, que sugeriam brilho mesmo no escuro. Se Arnaldo estivesse aqui, ao meu lado no Arpoador, já teria ido chamar um padre para encomendar o corpo. Da praia até a Igreja da Ressurreição é um pulo, deve ter algum padre por lá, dormindo. Dá até pra imaginar a cena: um repórter batendo à porta da igreja, no meio da madrugada, chamando um padre para rezar diante do corpo — de pedaços de um corpo — jogado no calçadão. Não seria a primeira vez que ele faria algo assim. Era um católico convicto, carola assumido capaz de, no meio de uma apuração, se ajoelhar diante de um cadáver, de rezar até pela alma de bandidos, já quase apanhara por causa disso. Ao menos algumas velas o Arnaldo teria arrumado, não deixaria o corpo assim, jogado, sem nenhuma luz, sem qualquer sinal. Depois, se abaixaria, faria uma prece, talvez até chamasse os PMs e o viúvo para acompanhá-lo numa oração. Antes de ser repórter eu sou gente, ele costumava justificar. Arnaldo tem fé — o invejo por isso. Já perdeu parte de uma entrevista do Cardeal porque ficou rezando dentro da igreja, fascinado pelos dourados do Mosteiro de São Bento. Eu é que, agora, queria ter a fé de Arnaldo. Diante desse corpo, desses policiais, desse viúvo. Queria poder aproveitar essa visão do Cristo, pouco mais que um clarão no meio da neblina, no alto, atrás do Parque, pairando sobre Copacabana. Queria poder acreditar que essa névoa que esconde a imagem do Redentor revela um deus, algum deus. Um deus diante do qual eu rezaria, confiante não em algum milagre, numa revelação, mas na possibilidade de algum tipo de consolo, de explicação, em algum tipo de razão para isso tudo. Queria ter fé nesta madrugada, neste mar, na porra deste jornal, acreditar que este crime não vai ser apenas mais um, outro que vai sumir das páginas daqui a três ou quatro dias. Acreditar que esta merda vai ter algum jeito. Fé, seria bom ter um pouco de fé nos meus filhos, fé em que algum dia a gente possa ter uma relação decente. Queria, no fundo, ter um pouco de fé em mim.

Ricardo decidiu voltar a pé para casa. Até nisso sua ilha era confortável: cercada de água, mas bem-servida de pontes, podia-se chegar nela caminhando. Como não sabia nadar e enjoava em barcos, era melhor assim. Passava das quatro da tarde, o verão apenas começava a se insinuar. Dias loucos, esses. Calor durante o dia, um friozinho à noite. Vai ver que isso aqui ainda vai virar um deserto. Culpa do Bush, claro. Tarde quente, mas não tanto. Ainda era possível andar pelas ruas sem derreter no meio do caminho. Dali até seu *bunker* seria um trajeto curto, umas seis quadras. Iria pela Visconde de Pirajá, precisava de movimento, de barulho, de fumaça. Tinha necessidade de um outro tipo de poluição para ocupar o espaço invadido pelas besteiras e atrocidades trocadas com seus filhos, precisava purgar ofensas e impropérios. Sabia que seus ataques só complicariam a relação com os meninos, o "hoje não" fora, mais uma vez, substituído pelo "hoje sim". Sim, houve uma nova discussão, uma outra briga, nervos foram mais uma vez expostos, tocados, perfurados. Agora chegara a hora de, passo a passo, de Ipanema ao Leblon, reconstituir a camada de proteção que envolvia o nervo. Dali a pouco ela estaria de novo refeita, pronta para, a partir do dia seguinte, sofrer com a contagem regressiva que marcava a distância de um novo almoço, de novas promessas de hoje não.

Aquela disputa só os fazia cada vez mais perdedores, aumentava a mágoa, a tristeza, o rancor. Carlos certamente saiu daquele restaurante mais reacionário do que entrara, se é que isso seria possível, avaliou Ricardo. Com ele, era possível, concluiu. Na visão paterna, os choramingos de Caroline não durariam até a próxima vitrine, soluços trocados por uma penitência aplicada no cartão de crédito. Aquele pedacinho de plástico seria submetido a mais uma sessão de torturas, passado sem piedade no meio de maquininhas cruéis, sádicas, que dele arrancariam centenas ou mesmo — isso iria depender da competência do vendedor-torturador — alguns poucos milhares de reais. Enxoval para a viagem, justificaria. Dane-se, é a mãe dela que vai pagar. O estímulo ao consumo desenfreado era a única contribuição daquela vaca ao progresso social. Ajudava a movimentar o consumo, a gerar empregos. Quantos e quantos balconistas não estariam desempregados caso Adélia e Caroline não existissem? Depois do *tour* pelas lojas, minha filhinha passaria a tarde acompanhada de um baseado e daria muito a noite inteira, faria gato e sapato do tal do Hamiltinho.

O novo e previsível fracasso reafirmava uma certeza: o velho homem de imprensa Ricardo Menezes, tão hábil nas perguntas, nos argumentos; tão preciso no uso das palavras, no morder-assoprar, imbatível na técnica de encurralar entrevistado, acabara de perder mais uma batalha para aqueles seus dois personagens. Deles não conseguia arrancar uma palavra de carinho, de compreensão, de cumplicidade. Nada de relevante, de publicável. Aquela era sua pauta temível, seu inevitável fracasso. Mais uma vez — é assim há quantos anos? — saíra daquele encontro de mãos abanando, rabo entre as pernas, sem lide, sem matéria. Dali, de novo, não brotara nada: toda a sua competência no argüir, no questionar, no argumentar, no explicar se perdia diante daqueles dois moleques que o devoravam, pouco interessados em decifrá-lo, em entendê-lo. Tá bom, tá bom, eu também não faço nenhum esforço, quer dizer, até faço, mas, porra, eles são foda. Eu sou o pai deles, caramba. Custava ter um mínimo, sei lá, de respeito? Eles poderiam me ouvir, escutar o que eu digo. Não é possível que eu fale com centenas de milhares de pessoas durante trinta anos e não consiga ser ouvido por duas, justamente as mais importantes. Se eu fosse tão insuportável assim, tão inútil, tão equivocado, ninguém me aturaria, nenhum leitor resistiria ao meu texto, ao meu enfoque, à minha versão dos fatos. Há trinta anos que escrevo, escrevo, escrevo. Há trinta anos que não faço outra coisa que não seja contar histórias, relatar fatos, costurar episódios, dar voz a entrevistados. E há trinta anos que vivo disso, só disso. Até por paulista eu sou compreendido, até aqueles sujeitos lêem minhas matérias, me elogiam, mandam cartas simpáticas para os jornais. Meus amigos gostam do que eu produzo, pelo menos dizem que gostam. Filhos de meus amigos falam o mesmo, que sou legal, que tenho uma maneira legal de ver os fatos, de contar uma história. Um deles disse que deve ser bom ser meu filho. Coitado. Pois é. Só não sou lido por quem me interessa. Que merda.

A distância a ser percorrida não era muita, o suficiente talvez para que emergisse daquela tristeza, que passasse outra vez a vê-la como inevitável, é assim mesmo, não sou o único a ter problemas com meus filhos. Pelo menos não atrapalho a vida deles, não os reprimo. Na medida do possível, vivo e deixo viver. Vidas de merda, talvez. Mas vidas. Caminhemos.

Ricardo queria chegar logo em casa, tomar um banho, ligar o ar-condicionado, abrir um livro e tentar dormir, precisava sair daquele transe. Talvez rezasse uma Madipra extra. Sentia-se impregnado por Adélia — a presença mais forte, ainda que por tabela, daquele almoço. Tinham origem nela aquelas argumentações toscas, a arrogância canhestra, típica de novos-ricos, velhos babacas. Ela, Ricardo tinha certeza, soubera jogar, ocupar os espaços. Aprendera a conquistar seus filhos, a torná-los seus. Competente filha de uma puta, atuara como uma boa advogada diante de um processo complicado, manobrara bem as provas, seduzira as testemunhas, dera um xeque-mate no promotor, convencera o juiz. A culpa é dela, repetia. Ricardo saiu daquele casamento aliviado, mas derrotado, condenado a arrastar uma pena interminável, uma das poucas que — punição para algum crime hediondo — não admitiam progressão de regime. Ao contrário, seu fardo parecia ficar a cada dia mais pesado, a tal luz no fim do túnel ia perdendo força, se debilitava.

Um banho, um livro, e, emergência, um uísque. Precisava limpar-se, era preciso dormir, descansar. O sol estourava nos seus olhos, de novo perdera os óculos de sol. Pra que tanta luz, pra quê? Pra que tanto calor, tanta loja, tanto carro, tantos filhos. Pra que tanta ex-mulher — sei, tenho uma só, mas ela vale por umas vinte, umas trinta. Pra quê?

— Sen-sa-cio-nal, es-pe-ta-cu-lar! Parabéns, garoto.

Garoto. Ser chamado de garoto depois dos 40, prova inexorável da velhice. À medida que envelhecemos, mais gostamos de ser chamados de garoto. Passamos boa parte da infância e da adolescência querendo crescer, virar adultos. Quando conseguimos, voltamos a ser garotos. Pior é ser chamado de rapaz. Aí, não tem jeito. Nada pior que referir-se a alguém como "um rapaz de 40 anos". Um sujeito de 40 anos só é rapaz para alguém que tenha, no mínimo, 50. Se o de 40 é rapaz, o de 50 é um jovem adulto, um pós-rapaz. Um quase-velho, porra

— Valeu, rapaz!

Viu? Foi só pensar e acabei de ser chamado de rapaz. Tô irremediavelmente velho.

As reflexões sobre os significados de palavras como *garoto* e *rapaz* importavam pouco. O mais relevante era o motivo pela qual eram pronunciadas, acompanhadas de sorrisos, tapinhas nas costas. A razão de tanta festa estava ali, impressa em letras de fôrma. "Coronel confessa:

'Zuleika foi morta no meu quartel'." Uma entrevista negociada ao longo de alguns anos, concedida após uma série de cuidados. O coronel da reserva queria contar a história de Zuleika, uma guerrilheira que fora presa-torturada-morta durante a ditadura militar. Um caso — como ainda não se dizia naquela época, início dos anos 70 — emblemático. Zuleika tinha 17 anos, sequer entrara para a faculdade, pouco sabia dos planos da organização de esquerda em que se enfiara. Mas se metera na organização, isto justificava, na lógica da repressão à guerrilha, sua prisão, a ida aos porões, a violência sexual, as sevícias que lhe foram aplicadas. Zuleika resistira, não contara nada, até porque sabia muito pouco. Apenas entregara *aparelhos* já conhecidos, estourados. Falara um ou outro nome, arraia-miúda. "Os nomes dos grandes, sua filha-da-puta, cadela, piranha, vagabunda! Cadê o Astério, onde está aquele comunista de merda?" Zuleika teve o corpo queimado; foi estuprada por um, dois, três homens. Levou choques na vagina, nos bicos dos seios. Morreu dois dias depois de presa. Seu corpo jamais seria encontrado, Zuleika — a *Mercedes*, seu nome na organização — era mais uma desaparecida. O caso viera à tona graças a um outro preso que assistira a parte de seu suplício por uma fresta da cela. Solto alguns meses depois, trocado por um embaixador seqüestrado, fez a história de Zuleika ganhar o mundo. Mesmo governos que não disfarçavam seu apreço pela ditadura brasileira cobraram explicações ao general que ocupava a presidência da República. Cartas e mais cartas foram enviadas do mundo todo, os pais da jovem tinham bons contatos na Igreja, se exilaram e passaram a percorrer diversos países para denunciar as barbaridades dos militares. Estes, por sua vez, negavam que tivessem, algum dia, prendido alguma Zuleika ou Mercedes. Não havia qualquer registro, qualquer prova. Ela nunca passara por quartéis. Provavelmente tinha sido *justiçada* pela própria organização, pelos terroristas, pelos subversivos. Não seria a primeira vez que eles faziam isso. Lembram da Elza Fernandes, aquela que os comunistas mataram na década de 30? A história desta moça, da Zuleika, não passa de uma intriga do Movimento Comunista Internacional para desmoralizar o governo brasileiro.

Vinte anos depois do desaparecimento da jovem, um militar, coronel da reserva, vinha a público relatar o que ocorrera com ela. Contou toda a sua história para Ricardo, repórter que conhecera meio por acaso, em uma conversa no calçadão, havia mais de três anos. Aprendera a confiar nele e, um dia, falou que tinha uma boa reportagem para lhe passar. Acostumado com este tipo de promessa, Ricardo não deu muita atenção ao que ele lhe dissera. Devem ser aquelas paranóias de milico, internacionalização da Amazônia, risco de entregar muita terra pra índio, o de sempre. Mas, quando encontrava o militar, então já reformado, perguntava sobre a tal reportagem. Quase dois anos depois, o coronel revelou, em linhas gerais, do que se tratava. Mas ressalvou: "Ainda não dá para publicar, é preciso esperar mais um pouco." Era um teste, Ricardo sabia. O repórter passou na prova, não comentou nada sobre o assunto, esperou o dia em que, enfim, ouviu e gravou toda aquela história. Tudo combinado com o coronel que, na véspera da publicação da reportagem, embarcaria para Portugal: "Agora, eu é que vou me exilar." A entrevista, registrada em dois gravadores — um do repórter, outro do militar —, durou quase três horas. Na época da prisão de Zuleika ele era major, cuidava da intendência, da infra-estrutura do quartel, não tinha qualquer atuação nos órgãos repressivos. Estava de plantão no dia em que ela foi levada para o regimento, chegou a ouvir alguns de seus gritos — tentou apurar o que havia; aconselhado a ir para casa, obedeceu. No dia seguinte viu o corpo ser removido. Nunca se perdoara pela omissão, pela covardia. Olhava para as filhas adolescentes e via o rosto de Zuleika, desinteressou-se pela carreira, pela busca do generalato, passou a beber, a engordar. A mulher não admitia sua mudança, o acusava de ser frouxo, piegas. Terminou abandonando-o, voltou com as filhas para Campinas.

Todos os detalhes estavam na entrevista concedida a Ricardo Menezes, que terminava com um patético pedido de desculpas, "À família daquela moça, às minhas filhas, que só agora vão saber da verdade, ao Exército brasileiro, que não merecia ter sua história manchada pelos facínoras, e, por último, ao povo deste país, que tanto confia nas suas Forças Armadas. Com minha omissão, tornei-me cúmplice daqueles canalhas."

Ricardo decidiu que comemoraria aquela edição com seus filhos — convencera Adélia a abrir uma exceção no rígido calendário de visitas. "Você não pode ser tão cruel assim, só quero sair para tomar um sorvete com eles depois do fechamento, vai ser rápido, aí perto da sua casa." Mas do jornal acabara descendo para um chope, um só, pra brindar, não é todo dia que se emplaca uma matéria como essa. A comemoração se estendeu, colegas de outros jornais foram até o bar para vê-lo, para cumprimentá-lo. O editor de Esportes, que tinha sido preso e torturado na ditadura, ligou para dizer que não fosse embora, fazia questão de abraçá-lo. Ricardo acabou chegando tarde demais ao apartamento da ex-mulher.

— A patroa mandou dizer que as crianças já foram dormir. Pra mais de uma hora.

"King of Kings": o "Rei dos Reis", uma citação explícita ao filme sobre a vida de Jesus. Uma referência ao próprio Jesus. Naquele início dos anos 80, a expressão passou a designar também um balão gigantesco, de mais de cem metros de altura, que seria solto nos céus do Rio de Janeiro. Uma ameaça à cidade, às florestas, às torres de energia, aos aviões. Durante semanas, o tal do balão não saía das páginas, para a glória de seu criador: um baloeiro? Não, um repórter. Um sujeito que, em toda a vida, jamais deve ter soltado sequer aqueles balõezinhos, chamados de japoneses, que, apesar de igualmente proibidos, eram vendidos em cada esquina dos subúrbios cariocas. O jornalista era o verdadeiro autor do maior dos balões, uma criação singular, que não consumira papel de seda, bucha ou cola. O "Rei dos Reis" nascera em sua cabeça, e dali migrou para as páginas do jornal. Não passava de uma gigantesca cascata que manteve nas alturas a tiragem do *Diário*, o pioneiro na denúncia do balão. Uma história que contaminaria os concorrentes. As noites de sexta e dos plantões de fim de semana eram em parte consumidas pela caçada de repórteres ao "King of Kings".

Carros de reportagem cruzavam as avenidas suburbanas atrás da grande foto, do momento em que o maior entre os maiores ganharia os ares, indo na direção de seu divino inspirador — a expressão chegara a ser utilizada no encerramento de uma carta de leitor que defendia o direito dos baloeiros exercitarem sua "incompreendida arte".

Policiais e bombeiros também se dedicaram à caça do balão, que jamais seria encontrado. Um balão que ficou escondido em uma casa imaginária, próxima àquela, igualmente fantasiosa, onde morava a Vovó do Pó, como acabou sendo conhecida uma sexagenária acusada de ser traficante de drogas. A acusação era falsa, a polícia admitiu dias depois. Mas isto ocorreu depois que o nome e a foto dela foram impressos com destaque nos jornais. Dali em diante, o apelido passou a ser utilizado — com apenas uma eventual variação no gênero — nas prisões de qualquer acusado de tráfico que tivesse mais de 60 anos.

"King of Kings", Vovó do Pó — que São Gutenberg nos perdoe. O Carniça até que exagerava um pouquinho, aumentava aqui e ali. Mas inventar, ele não inventava. O grave não é a cascata em si, mas a necessidade de mantê-la, de ampliá-la. É o chegar cedo no jornal e receber uma pauta: avançar no caso do balão gigante, investir na Vovó do Pó, repercutir a história do gavião que está acabando com os pombos na Cinelândia, levantar detalhes da kombi branca que anda pelos subúrbios seqüestrando crianças para a retirada de órgãos que serão usados em transplantes. Não adiantava argumentar com a chefia, dizer que aquilo tudo era invenção, uma besteirada feita pra vender jornal. Pior é que tudo aquilo vendia jornal, virava assunto de conversa de bar, tema de marchinha de carnaval. Um noticiário que tinha que ser sustentado, aumentado, mantido nas páginas e que, depois, seria comentado aos risos nas redações, nos bares freqüentados pelos jornalistas. Olha ali o neto da Vovó do Pó, o caçador do gavião da Cinelândia, o traficante de órgãos.

Pra que inventar tanta notícia? Desde quando há falta de notícia por aqui? Isso aqui por acaso é a Suécia? Imagine o tédio de um plantão de domingo em jornal de Estocolmo. Nada acontece, ninguém mata ninguém, não tem chacina, invasão de favela, guerra de facções, bloqueio de via expressa. Que chatice. Os suicídios na Suécia devem ser mais comuns entre os jornalistas, coitados. Por aqui, não há necessidade de se inventar nada. As notícias se superam, se atropelam, se acumulam, não há espaço nos jornais para tanta tragédia, tanta merda. Isso, por exemplo. Bem que podia não ter acontecido. Essa mulher não precisava ter sido morta, esquartejada. Ela, o marido e eu poderíamos estar agora em nossas casas, dormindo. Eu não ia estar aqui, tomando conta de pedaços de defunto, sentado neste banco, olhando pro mar, pros PMs, pro viúvo. Fazendo hora, torcendo pro tempo passar depressa, doido pra ir dormir, desesperado pra que essa maldita madrugada acabe longo. Mas estou aqui, acumulando mais alguns pontos no meu estoque de horas/calçada. Devo ter mais horas de calçada que muita puta, que muito traveco. Deveria estar, quem sabe, bebendo, trepando. Não precisaria ficar olhando pro relógio, pro céu, pro nada, pro calçadão vazio. Quase vazio, que agora tá chegando um cachorro solto, grande, de pêlo preto. O dono, um desses garotos de Ipanema, tá logo atrás, o cachorro vem correndo na frente, o sujeito segue trotando logo atrás — caceta, que belo programa, correr a essa hora com o cachorro...

O animal passa por Ricardo e pára diante do saco preto. Contorna o corpo, vai até a pedra. Esquadrinha o local, apura o olfato, olha para o sangue que brilha nas pedras. Roda mais uma vez em torno do cadáver. O dono, de costas, se alonga diante do posto de salvamento.

— Sai daí, porra! — O grito do viúvo abre um buraco na madrugada, desperta PMs, repórter, fotógrafo, motorista. Assusta o cachorro, que, no primeiro instante, sequer late. O viúvo levanta-se, dedo em riste na direção do animal que, agora, late, rosna, ameaça avançar contra aquele desconhecido que grita, procura pedras soltas no chão, um galho, algo que pudesse jogar naquele que ameaça o corpo de sua mulher.

— Fora daqui! Pára de cheirar, de lamber! Fora, caralho! Esse saco aí é a minha mulher, esse monte de carne cortada, isso aí, na calçada, é a mãe dos meus filhos, é a mulher que se casou comigo, porra! Sai daqui! Cadê a porra do teu dono? Quem é o merdda, o filho-da-puta do teu dono? Some daqui, sai daqui! Tira esse cachorro daqui. Cadê a polícia, porra? Tira esse cachorro daqui!

O homem se volta para o dono.

— Tira essa porra desse cachorro do lado da minha mulher, caralho! É a minha mulher que está aí, porra! A minha mulher! A minha mulher, seu merda, seu babaca, a minha mulher! Esse saco de lixo aí é a minha mulher, um pedaço da minha mulher. Saí daí, tira essa merda desse cachorro daí!

Os gritos do viúvo doem, assustam, gelam, se irradiam. Todo o Arpoador parece eletrificado, passa enfim a sentir o choque causado por aquele homicídio. Os quiosques, as pedras, as luminárias, os bancos, um ou outro porteiro, alguém que estivesse ali por perto: todos agora sabiam, ninguém, nada poderia ignorar aqueles pedaços de corpo. Um dos PMs acorda, os dois saem do carro, assustados, mãos no coldre. Os gritos funcionam como um anúncio, um alerta. Todo aquele canto da zona sul era informado, não adiantava negar, fingir que não via. Aquele saco preto, aquele filete de sangue: ali estava o que sobrara de uma mulher. Rute, assim mesmo, com "e". Uma mulher que tivera um marido, três filhos, um neto. Comerciante, carioca, 57 anos, moradora de Botafogo, freqüentadora da igreja da Matriz, ex-aluna do Santo Inácio, ex-nadadora do Fluminense, fã de Roberto Carlos. Uma mulher que fora morta, esquartejada, que tivera pedaços de seu corpo levados para um canto escuro do Arpoador.

— Essa aí é a Rute, porra!

O homem prepara-se para chutar o cachorro. O dono chega, puxa o bicho pela coleira, deixa no ar o pontapé desferido pelo viúvo. O chute que não alcança o alvo faz o homem perder o equilíbrio, o movimento da perna direita obriga seu corpo a girar desequilibrado, o chão parece tremer, o convoca para uma queda. As mãos são espalmadas no calçamento, evitam um tombo completo. Ele se levanta, bate algumas vezes uma mão contra a outra e dá dois passos em direção ao corpo. Agacha-se, ajeita os óculos e recomeça a chorar; desta vez, um choro alto, despudorado, cortado por soluços.

— Essa aí é a minha Rute, porra!

Um dos PMs caminha em direção ao mar, o outro volta para dentro do carro, bate a porta, fecha o vidro de sua janela. Ricardo treme, a mão direita não se move, apenas pressiona a bic contra o bloco, que fura as folhas de papel-jornal. Pra que anotar o que o viúvo gritava? Pra que tentar reproduzir cada frase, cada palavra, reticências, exclamação? Nunca se esqueceria daqueles gritos, daquele choro que agora aflorava, se expandia, tomava conta do rosto do viúvo. O garoto e seu cão — um *rottweiler*? — sumiram, desintegrados pelo urro, pela dor escancarada, que transformava todos em cúmplices, em vítimas. A bic aprofunda o tamanho da perfuração no bloco. Agora produz um corte: uma, duas, três folhas são seccionadas pela esfera da ponta da caneta.

— Puta que pariu, o que que você está fazendo aqui? Como é que você entrou? Quem deixou você entrar? Que porra é essa? Isso é um complô? Ou será que você veio me tomar o apartamento?

Adélia não respondeu a nenhuma das perguntas. Limitou-se a comentar que lixo estava aquela casa, não tivera sequer coragem de beber um pouco d'água. Detestava, ele deveria se lembrar, garrafa d'água aberta na geladeira. Garrafa de coca-cola transformada em garrafa d'água, que pobreza... Ainda por cima, água da Cedae. Água mineral não custa tão caro, até você pode comprar. Pior é que nem as mãos eu pude lavar, a pia do banheiro está toda amarrada, um saco plástico em cima...

— Mau-dia pra você também. Péssimo, terrível dia pra você. Que você chegue atrasada em suas audiências, que perca todos os seus prazos, que seja flagrada pelo promotor palmeando o juiz. Que sofra um processo ético, que... — olhos fechados, rosto voltado para o chão, Ricardo murmurava a Madipra.

— Que é que foi? Enlouqueceu de vez? Primeiro você me despeja uma série de perguntas, agora fica aí, falando sozinho, que nem um doido.

Ricardo só respondeu após terminar a oração.

— Adélia, quem é que deixou você invadir meu apartamento? Quem é que lhe deu este direito? Fora daqui ou eu chamo a polícia.

Ele mal conseguira ultrapassar a soleira da porta. A mão direita ainda segurava a chave, enfiada na fechadura.

— Em primeiro lugar, é bom você entrar e fechar a porta, acho que os vizinhos não precisam voltar a ouvir nossas brigas.

Adélia deu dois passos, sentou-se no sofá preto, ao lado da janela. Dali, da porta, Ricardo a via em contraluz, o que só aumentava seu espanto e o ar fantasmagórico daquela invasão. A luz do sol meio enviesada apenas lhe permitia ver um vulto de gestos largos e fios de cabelos brilhantes. Cabelos agora louros e alisados.

— Como foi o almoço? Brigaram muito? Ri-car-do — ele detestava, Adélia sabia, que ela pronunciasse assim o seu nome —, você precisa se entender melhor com seus filhos. São praticamente duas crianças, jovens que sentem muita falta de um pai. Você sabe, a figura paterna é importante. Mesmo que seja a figura de um sujeito como você...

— Por favor. Você invadiu meu apartamento, reclamou da minha garrafa d'água, da pia do meu banheiro e ainda fala mal de mim! O que você quer? Por favor, diga e saia daqui correndo.

— Puxa vida. Não podemos conversar, há tanto tempo não nos falamos...

— Discordo. Nos falamos há pouquíssimo tempo, um ano, cinco meses e dezessete dias. Foi por telefone, a conversa durou exatos dois minutos e trinta e sete segundos. Eu bati o telefone. Para meus parâmetros foi uma conversa longa, ocorrida praticamente anteontem.

— Por favor — Ricardo se surpreendeu com o segundo "por favor", Adélia não costumava ser assim, tão educada —, será que você poderia ser menos agressivo? Em primeiro lugar, desta vez você tem razão, alguma razão. Eu não poderia ter entrado no seu apartamento...

— Invadido...

— Como você quiser. O correto seria ter avisado, ter ligado. Mas você, possivelmente, não aceitaria conversar comigo.

— Desta vez, você acertou — Ricardo terminou de entrar no apartamento, fechou a porta e permaneceu de pé diante do vulto da ex-mulher.

— Eu tenho a chave do apartamento, fiquei com uma cópia. Pelo que conheço de você, achei que, mesmo passados tantos anos, a fechadura não teria sido mudada. Esses problemas práticos são tão complicados, não é mesmo? Ainda mais pra você... Resolvi arriscar, acertei. Bem, vou ser rápida. Estou com um probleminha e preciso de sua ajuda.

— Como assim, minha ajuda? Esqueça, dane-se, seja o que for, eu tô fora. Não quero saber do seu probleminha, do seu problema, do seu problemão. Quero apenas que ambos, você e esse seu problema, saiam imediatamente do meu apartamento.

— Desculpe, meu querido, meu ex-querido. Desta vez você vai ter que ouvir. Ou será que prefere que eu faça um escândalo, que grite para os vizinhos que você está me batendo? Você sabe, eu sou capaz disso... Eu já fiz isso... É vergonhoso admitir, mas, enfim, são águas passadas. Sente-se, Ricardo. Você, agora, vai ter que me ouvir. E, queira ou não queira, vai me ajudar a resolver esse meu acidente de percurso.

— Como assim?

— Ué, quem é esse Guilherme que morreu? — O editor do caderno de cultura não tirou os olhos da tela do *laptop*.

— *Tire o seu sorriso do caminho/ Que eu quero passar com a minha dor; Quando eu piso em folhas secas/ Caídas de uma mangueira; Em Mangueira, quando morre/ Um poeta todos choram; Graças a Deus, minha vida mudou/ Quem me viu, quem me vê/ A tristeza acabou.*

Ricardo cantava alto na redação, emendava os versos, desafinava.

— O cara que morreu é autor, parceiro de todas essas músicas. Não é possível que você nunca tenha escutado nenhuma delas. Vou repetir: *Tire o seu sorriso do caminho/ Que eu quero passar com a minha dor*. Você tem idéia da grandeza, da beleza disso? Pois é, o cara que escreveu essas palavras morreu agora à tarde. O nome dele, vou repetir, é Guilherme de Brito, parceiro do Nelson Cavaquinho, outro de quem você nunca deve ter ouvido falar. Olha, hoje, daqui a pouco, eu vou tomar um porre em homenagem a ele. Por favor: se você tem amor ao seu emprego, um mínimo de compromisso com o jornalismo, peça uma pesquisa, pegue um desses repórteres aí, um que fale português, os amigos do Guilherme não devem falar inglês, que é a língua corrente neste canto de redação, e peça pra ele ligar pra algumas pessoas. Faça uma edição decente, carinhosa. Troque a capa desse teu caderno, deve ter aí uma cota para matérias sobre heterossexuais, não? Pois é, o Guilherme era espada. Sei que esse negócio de hétero é mal visto por aqui, é meio antigo, né? Igual a defender a Petrobras, a reforma agrária, a presença do Estado na economia. Eu sei, eu sei. Mas, na boa, faz uma matéria direita, decente. Pra não apanhar da mamãe e do papai quando chegar em casa.

O jovem editor do caderno não tirou as mãos do teclado enquanto ouvia a provocação. Camiseta vermelha de mangas curtas sobre uma outra, azul, de mangas compridas, calça jeans de um tom escuro, óculos de armação preta e pesada, um cavanhaque denso, que fazia contraponto à cabeça, onde alguns bem-cuidados fios antecipavam a futura calvície completa, André ficou de pé sobre suas botinas militares, encarou Ricardo e disse em voz baixa.

— Obrigado pela informação, senhor. Agora, vá tomar no cu.

— Sabe que até agora eu não sei se aquele viadinho me xingou? Porque, sei lá, vai ver que, entre eles, mandar tomar no cu é uma espécie de carinho, um valeu mesmo, obrigadão, tudo de bom pra você, felicidades. Uma maneira de desejar ao outro aquilo que deseja para si. Você acredita, Ernesto? O cara não fazia a menor idéia de quem era o Guilherme de Brito. E o sujeito é editor do caderno de cultura do jornal em que eu trabalho. Editor de cultura, veja você. Eu lá, arrasado, triste com a morte do velho, atravesso a redação, vou lá na mesa dele, fui correndo, tava quase na hora do fechamento, e digo: "Cara, o Guilherme de Brito morreu." E ele, sem olhar pra minha cara, franze as sobrancelhas e pergunta: "Quem é que morreu?" Não pode, não pode. Não pode o editor de cultura de um jornal grande não saber quem é Guilherme de Brito, é o fim dos tempos, daqui a pouco vai chover enxofre, raios cortarão o céu, o sertão vai virar mar.

Ricardo gesticulava, pedia mais e mais chopes, cantava trechos de músicas, ficava de pé.

— Meu amigo, eu acabei de completar 50 anos. Sabe lá o que é isso? Não dá pra dizer que estou na metade da vida, seria muito otimismo achar que vou chegar aos 100. Mas, sei lá, é um número redondo, bodas de ouro com a vida. Um casamento esquisito, quase tão estranho quanto foi o meu com *ela*, com você sabe quem. Talvez porque os 50 anos representem uma espécie de marco da vida adulta. Dos 20 para cá são trinta. Daqui para os 80, outros trinta. Tô no meio da minha fase adulta, se, claro, eu emplacar os 80: se tiver puxado à minha mãe, pelo visto, sim; se a herança maior for a paterna, nem deveria estar aqui. Então façamos as contas: cinqüenta anos de vida, trinta de profissão. Não dá pra dizer que sou malsucedido, até que ganho razoavelmente. Fiz boas matérias, conquistei um nome no mercado. Tanto que sobrevivi àquela fuga de São Paulo. Um outro, com menos prestígio, teria ficado no acostamento, na estrada. Sobrevivi: mas desse jeito. Fazendo um trabalho pra lá de mais ou menos, vendo matérias boas indo pra cesta, tendo que aturar babacas como aquele viadinho, editor de cultura. Cultura! Sei. Toda vez que ele ouve falar em cultura deve levar a mão ao rabo. Quanto tempo mais eu vou aturar isso? Hein? Vou repetir: quanto tempo mais eu vou ter que aturar isso? Pior, mais grave: quanto tempo *eles* vão me aturar. Para os padrões do jornal eu sou caro; com o meu salário eles podem contratar uns três caras razoavelmente bons, que escrevam e apurem bem, e que não reclamem como eu. Você já viu coisa mais triste e chata do que velho jornalista? O médico, ainda que bem velhinho, continua sendo médico. Lembra do Rinaldo De Lamare, o pediatra que escreveu aquele livro sobre bebês? Ele morreu com mais de 90 anos. Certamente não tinha mais consultório. Mas sou capaz de jurar que ele continuava dando umas consultas, aqui e ali. Nem que fosse para o bisneto, para o filho do porteiro, para a neta da empregada. Duvido que ele tenha ficado uma semana sem fazer uma recomendação, passar uma receita. Isso, com mais de 90 anos. Quem é médico é médico a vida inteira. Isso vale pro advogado, pro engenheiro, pro arquiteto. Não vê o Niemeyer? E jornalista? Jornalista só é jornalista enquanto trabalha em jornal. Depois, vira um ex-jornalista. Melhor: um jornalista sem-jornal, apenas um chato. Jornalista só é jornalista quando está num jornal, numa revista. Você acha que meu sobrenome é Menezes, não acha? Errou. Meu sobrenome é *Diário*. Meu nome todo é Ricardo Luiz Menezes do *Diário*. Ou, na forma mais simples, Ricardo Menezes do *Diário*. É assim que eu me apresento, com meu nome profissional, meu verdadeiro nome de casado. Já fui Ricardo Menezes do *JB*, Ricardo Menezes do *Globo*. Agora, sou do *Diário*. Você tá rindo? Acha que é sacanagem? Amigo, jornalistas se apresentam assim, mesmo na praia. "Sou o Fulano, do *Dia*"; "Esse aqui é o Beltrano, da *Folha*". Neguinho faz isso até ao ser apresentado para quem não é jornalista. Imagina um médico falando assim: "Sou o Dr. Souza, do Miguel Couto", "Sou a Dra. Janaína, do Albert Schweitzer". Isso é uma maluquice, desvio psiquiátrico. Na prática, quando a gente faz isso, tá dizendo que só é alguém porque está num jornal. Igual às mulheres que antigamente se apresentavam com o nome do marido: "Sou a Sra. João Carlos Cardoso de Azevedo". Mas, quer saber? A gente tá certo. Jornalista só é jornalista se estiver casado com um jornal. Nenhuma autoridade ia perder tempo com um Menezes, com um Reis, um Almeida, um Fraga, um Queiroz qualquer se depois destes nomes não tivesse um nome maior, mais importante, imponente, ameaçador. O nome, claro, de um jornal. Acredite, meu caro, é assim. Então, aos 50 anos eu tenho que me preparar para o dia do grande divórcio, o dia em que voltarei a ser Menezes. Talvez seja bom, uma outra libertação, mas talvez seja uma merda ficar mudo quando a secretária do outro lado da linha perguntar: "Ricardo Menezes de onde?".

Ricardo deixou a pergunta no ar. Olhou para o amigo — "Saideira?" —, acenou para o garçom, indicador e médio levantados, sinal de mais dois chopes. Em seguida, outro gesto, mão direita fechada, mantida no alto, movimentando-se no ar como se empunhasse uma caneta que rabiscava um papel imaginário: a conta.

— Aquele viadinho filho-da-puta conseguiu. Estou mais puto, mais indignado do que triste. Era para estar em casa, ouvindo os CDs do Guilherme, era para estar no velório. Ou era para estar chorando o tempo todo aqui na sua frente, Ernesto. Mas não, estou com raiva, com muita raiva. Com raiva daquele viadinho, com raiva daqueles cornos que contratam esse tipo de viadinho, com raiva dos idiotas dos patrões que dão poder àqueles cornos pra eles contratarem esse tipo de viadinho. E também estou com raiva dos leitores que compram esse jornal daqueles idiotas, que dão poder aos cornos para contratarem os viadinhos. E estou com medo, com medo do que vem pela frente.

Sei que amanhã quando eu morrer
Os meus amigos vão dizer
Que eu tinha bom coração

Não dá para cantar alto, o correto seria nem cantar. Como dizia outro samba: *Respeite a minha dor/ Não cante agora/ Perdi meu grande amor*. Mas, fazer o quê? Já passa das quatro da manhã e nada acontece. Não haveria nada de muito grave em cantarolar alguns sambas antigos e tristes para fazer passar as horas; as histórias do Carniça haviam desparecido na névoa. O viúvo voltou a ficar em silêncio, mantém-se quieto, sentado no banco, cabeça baixa, apoiada nas mãos, dedos que lhe apertam a nuca. Os cotovelos fincados nas pernas. De vez em quando ele acende um cigarro, olha para o mar, para o corpo da mulher, para o chão de pedras portuguesas, para as árvores que indicam o caminho até Ipanema. E assim fica. O choro causado pela ameaça do cachorro durou uns dez minutos. Depois, caminhou até o mar, lavou o rosto, deixou que sapatos e a barra da calça fossem molhados pelas ondas. Será que o casal gostava de sair, de dançar?

De ir a uma gafieira, a um baile da Orquestra Tabajara? O viúvo tem uma cara boa, um jeito meio tijucano, de personagem de Nelson Rodrigues. Mais velho que eu, sei lá, uns sessenta, sessenta e poucos anos. Meio careca, camisa listrada de mangas curtas, calça de sarja, sapatos pretos. Talvez um gerente de banco.

Merda! Ricardo se dá conta de que estava ali havia mais de cinco horas e ainda não sabia a profissão do sujeito. Tô ficando velho. Eu, aqui, a vinte metros de um personagem e não tenho coragem de ir na direção dele pra perguntar aquelas coisas básicas: profissão, tempo de casado. O nome, o endereço, o número de filhos — esses detalhes básicos tinham sido apurados com os PMs. As poucas informações sobre a morta tinham sido pescadas de longe, conseguira ouvir trechos de um lamento do viúvo, que, pouco antes do incidente com o cachorro, chegara a fazer confidências ao sargento. Em condições normais, menos trágicas, os repórteres o teriam abordado, talvez pedindo desculpas pelo gesto, talvez não. Mas teriam ido até ele, feito algumas perguntas, qual a sua profissão, o senhor suspeita de alguém, houve alguma ameaça, dívidas, extorsão? Todos pensariam em crime passional — um amante dela, uma amante dele —, mas este detalhe não seria levantado. Para esse tipo de suspeita o melhor era perguntar ao delegado: "O senhor também investiga a hipótese de crime passional?" O policial diria que as investigações estavam no início e que, portanto, não poderia desprezar nenhuma possibilidade. "Mesmo a de crime passional?", insistiria um jornalista. "Mesmo essa.

Nenhuma hipótese pode ser desprezada." A afirmação do delegado seria mais do que suficiente para uma manchete que jogasse sobre o crime a sombra de uma traição, de uma paixão proibida, de um segredo. O cadáver despedaçado e o marido ganhariam assim chifres provisórios, preventivos.

— Sabe como é que é, se a gente não citar isso, outro jornal pode publicar e, aí, dá uma merda espetacular. Já tomei minha cota de esporro deste mês, o melhor é não arriscar. Quer saber? Deus me perdoe, mas o viúvo ali tem cara de corno...

A explicação foi de uma morena baixinha, repórter da madrugada de um jornal concorrente. Ela chegara mais cedo ao local, conversara com o delegado da 13ª. DP. Ricardo ouviu, mudou de assunto, decidiu que, foda-se, não iria colocar a insinuação de crime passional na sua matéria, tô velho demais pra esse tipo de sacanagem.

Dane-se, de manhã alguém apura a profissão do cara. A nova matéria sobre o caso só ia sair na edição de quinta. O jornal teria tempo para descobrir a profissão do sujeito, a história da mulher, dos filhos, endereço, filiação, poderia até ouvir o padre da igreja que ela freqüentava. Iria apurar se a família era rica, pobre, remediada; se o casal tinha dívidas, filho drogado ameaçado por traficante, ligações com criminosos, com máfia de caça-níqueis, se a morta ou o viúvo tinha amante. Os colegas que se virassem.

Fome, aquela fome chata de madrugada insone. Muito tarde para comer algo mais pesado, para beber alguma coisa. Cedo demais para tomar um café com leite. Nem chope com contrafilé, nem média com pão e manteiga. Os quiosques mais próximos estavam fechados havia muito tempo. O jeito é andar um pouco, ir até aquele que fica em frente à Francisco Otaviano, ver se tem água-de-coco, pedir um pacote de biscoitinhos salgados, gosto de isopor frito. Sentar numa daquelas cadeiras azuis ao lado de um gringo bêbado que lambe o peito de uma mulata enquanto enfia a mão por dentro da calcinha dela. A puta que ri, que finge dar tapinhas nas costas do *my dear*, do *my love*. Que simula estar encabulada diante daquele outro homem meio barrigudo, de cabelos grisalhos, com um bloquinho na mão, que usa sapatos sem meias, calças jeans e camisa de mangas curtas. O homem que olha a cena vira o rosto na direção do funcionário do quiosque, arregala os olhos, move os cantos da boca para baixo, levanta as sobrancelhas. Uma exclamação silenciosa, algo como "O gringo tá animado...". O repórter que nota quando dois carros da PM saem disparados da Joaquim Nabuco, entram na Vieira Souto na direção do Leblon. Dá para ver que alguns policiais mantêm os fuzis para fora das viaturas. Ao fundo ouvia tiros, seriam rajadas? Essa porra de cidade não pára quieta.

Acidente de percurso. Como ele previra, apenas um eufemismo para camuflar a gravidade da situação. Sua ex-mulher estava muito enrolada. Exagerara na sua fé, na sua para ela insuperável capacidade de resolver tudo. Ricardo sempre achara que Adélia era imprudente, que se envolvia demais nos processos, nos problemas dos clientes. Volta e meia ultrapassava a fronteira do trabalho do advogado e virava quase uma cúmplice, parceira dos que recorriam aos seus serviços. Já levara dinheiro para o exterior dentro da bolsa, tinha — tivera, pelo menos — uma empresa numa dessas ilhas de nome esquisito, um paraíso fiscal. "Sou sócia dos problemas dos meus clientes", costumava dizer. "Você é cupincha desses vigaristas, sonegadores. Isso vai dar merda, Adélia, é só uma questão de tempo. Você vai ver." "Isso é inveja sua, seu jornalistazinho de merda, com perdão da redundância." "Merda é o que você tá fazendo, isso é uma maluquice. Pior é que somos casados, com separação parcial de bens, mas somos casados. Essas cagadas ainda vão respingar em mim. Adélia, eu sou jornalista, eu vivo do meu nome, eu não posso me arriscar nessas coisas."

As divergências em torno das atividades de Adélia também contribuíram para o fim do casamento. Para ela, Ricardo não passava de um covarde, de um homem sem ambição, sem horizontes. Além de não ajudar, ainda atrapalhava, tentava impedir que exercitasse sua profissão, seu diferencial — como costumava dizer. Em momentos mais tranqüilos respondia que, tá certo, aqui e ali se arriscava um pouco, mas era tudo muito controlado. Esses serviços se constituíam, como dizia, no seu *plus*, no algo mais que o escritório oferecia a bons clientes, pessoas e empresas que podiam pagar por um tratamento diferenciado. "O mundo funciona assim, Ri-car-do, quer você queira ou não." Adélia sempre escapara, nunca tinha sido pega, sequer investigada por práticas ilegais. Ao contrário, sua disponibilidade para tarefas heterodoxas — "Não são ilegais, querido, são alegais, limítrofes, se você preferir. Temos que ir aos limites da lei para cumprir bem nosso papel" — dera prestígio ao escritório, um dos maiores do Rio. Ocupava meio andar de um prédio moderno no centro da cidade.

Desta vez, porém, Adélia extrapolara, como explicava para um Ricardo que enfim parecia conformado em ouvi-la, era a única maneira de abreviar a presença dela no seu apartamento. Sua ex-mulher envolvera-se em um problema grave, complicado; uma situação que havia muito tinha ultrapassado os tais limites legais. Nem no Brasil a lei seria suficientemente elástica para admitir tantas violações. O caso envolvia uma grande companhia, uma empresa familiar, que estava para ser vendida para um grupo estrangeiro. A operação exigia que algumas pendências fossem resolvidas, era preciso arrumar a casa para os novos donos. A situação fiscal da empresa era um pouco delicada, havia anos que seus advogados — Dra. Adélia à frente deles — optaram por contestar judicialmente o pagamento de alguns impostos. Com o tempo, a empresa acostumou-se a não pagar praticamente nada, tudo acabava na justiça. Uma justiça que, aos poucos, foi-se mostrando sensível aos argumentos da Dra. Adélia e ao poder da empresa. Uma força que se manifestava em presentes, viagens, pagamentos de diárias. No fórum falava-se até na doação de um apartamento em um dos mais caros condomínios da Barra, aquele que tem campo de golfe, rapaz. Alguns juízes tinham se transformado em aliados da empresa, suas sentenças eram libelos contra a presença extorsiva estatal na economia, contra a volúpia fiscal que asfixiava a livre-iniciativa, o crescimento e a geração de empregos: o Estado comportava-se "como um cáften que auferia lucros imorais à custa do sacrifício de suas vítimas", escreveu um magistrado. Nem todos os juízes aceitaram os presentes, mas a conta era favorável, o tal esforço diplomático — como Adélia definia esse tipo de transação — saía muito mais barato que o pagamento integral de todos os impostos devidos. O problema é que os gringos queriam comprar a empresa, não se transformar em sócios de parte do Poder Judiciário. A resolução definitiva de todas aquelas pendengas exigiu um esforço extra: novos acordos, pagamentos e tentativas de sedução em tribunais superiores. Alguns passos foram mal calculados, ministros desses tribunais manifestaram estranheza com as ofertas que, segundo confidenciavam os corredores, haviam sido aceitas por colegas, o Ministério Público resolveu investigar algumas sentenças, a Polícia Federal conseguiu autorização para fazer alguns grampos. "Por mais cuidado que a gente tenha ao telefone, alguma besteira sempre escapa, né, Ri-car-do?"

— Em linguagem clara, como a usada nas redações e que você adorava praticar em nossa casa: deu uma puta de uma cagada. Eu tô fodida, perdi, perdi. Se não fosse um amigo juiz, um grande amigo por sinal, que me alertou na semana passada, não teria dado tempo sequer de me livrar dos imóveis, dos carros. Não tenho mais nada no meu nome, melhor, quase nada. Hoje, querido, estou mais pobre que você. Pior, tenho apenas algumas horas para me mandar desta porra deste país, senão, amanhã cedo, vou ter minha casa invadida por policiais federais e repórteres histéricos, não sei o que é pior.

— Você quer que eu fique comovido com isso? Você sabia que podia dar errado, esse sempre foi seu jogo. Um risco alto, um lucro idem. Deu certo muitos anos, agora, babau.

Ricardo foi até a geladeira, encheu um copo com a água da Cedae armazenada em uma garrafa de coca-cola sem tampa.

— É sério, Ricardo. Consegui salvar o patrimônio, patrimônio que também é dos seus filhos. Mas a situação tá meio complicada na área criminal. As operações foram pesadas, envolveram muito dinheiro, gente poderosa, desembargadores, promotores, deputados, até um senador. O Carvalho, você conhece o sujeito...

— Claro que conheço, fiz algumas matérias contra ele. Um homem de princípios, sem dúvida. De uma fidelidade religiosa aos seus princípios. Coisa difícil de se ver no Congresso, por sinal. Jamais se afastou de sua crença, é uma espécie de monge da roubalheira, da putaria, da sacanagem. Nunca fez nada de graça para ninguém, é incapaz de cometer um gesto sequer compatível com o interesse público. Trata-se de uma vestal: não há qualquer mácula de honestidade em sua longa carreira. Um sujeito exemplar em sua coerência, caso raro entre nossos políticos. É inacreditável que você tenha se envolvido com um sujeito como aquele. Você já foi mais exigente, deveria desprezá-lo por, no mínimo, razões estéticas. O cara palita os dentes em público... Nem eu faço isso.

— Bem, digamos que ele foi correto conosco. Sempre cumpriu o combinado. Também, foi muito bem pago pra isso. Mas, enfim, deu errado. O caso não veio a público porque está sob segredo de justiça, mas vai estourar a qualquer momento. Amanhã cedo, provavelmente. E, nessa hora, eu quero estar bem longe daqui, eu preciso estar bem longe daqui.

Adélia levantou-se, olhou para Ricardo, fez ar de resignação:

— Me dá um copo dessa água mesmo, dane-se... Daqui a alguns dias, espero, estarei de volta para a Perrier.

— Adoraria noticiar a sua prisão. Seria capaz até de visitá-la na cadeia... — dizia enquanto enchia um copo d'água. — Você me daria uma entrevista exclusiva, Adélia?

— Não fode, Ricardo. Não me sacaneia. Já basta me servir água da Cedae em copo de requeijão. Parece que você fica feliz ao me ver nesta roubada...

— É você que está dizendo.

— Por que tanta mágoa, Ricardo? Será que eu te fiz tanto mal assim?

(Como assim, será que eu te fiz tanto mal assim? Você acabou com a minha vida, Adélia. Pelo menos, com a vida que eu tinha, que eu queria ter. Eu me apaixonei por você, Adélia, casei cedo, abandonei uma porrada de planos, cheguei até a morar em São Paulo por sua causa, de tanto que você insistiu comigo, me convenceu que era bom aceitar a proposta da revista, que era, como é que você falava?, um *upgrade* na minha carreira. Morei em São Paulo, você sabe lá o que é isso? E você foi me minando, me sugando... Você me humilhava todos os dias, Adélia. Me chamava de fracassado, de bundão, de babaca. Dizia que eu nunca ia crescer, que ia ficar o tempo todo preso à imagem do meu pai, que ia morrer como ele, alcoólatra, pobre, fodido, ou então iria acabar agarrado a uma aposentadoriazinha. Você não respeitava meu trabalho, minha profissão. Você me tirou os filhos, Adélia, fez com que eles se transformassem em dois monstrinhos, dois bobalhões, dois perdidos... Queria o quê? Que eu tivesse me vendido feito você? Queria que eu estivesse do jeito que você está? Me preparando para fugir do país, preocupado com a polícia, com a justiça?)

— Fala, Ricardo. Será que eu te fiz tanto mal assim? — O grito de Adélia fez com que ele abrisse os olhos, que a encarasse, que enfrentasse o sol e aquele vulto em contraluz. — Você se faz de inocente, de idiota, de indefeso. Um pobre coitado. Não enche, Ricardo, não se faça de vítima. Cadê o fodão, o super-repórter, o cara articulado, destemido, que encosta todo mundo na parede? Um omisso, é isso que você foi. Você não queria saber de nada, só daquela porra daquele jornal. Eu te salvei, seu babaca. Se não fosse eu, você tinha morrido antes dos 30, bêbado, jogado na calçada. Você lembra quantas vezes eu fui te pegar em botequim? É claro que você não lembra, você nunca se lembrava de nada. Você caía nas ruas, Ricardo. Era de dar pena. Um sujeito brilhante, inteligente, culto, jogado em boteco, cagando regra, enchendo a cara, esbanjando dinheiro. Você lembra quantas vezes você deixou de pagar a escola dos meninos? Você lembra, Ricardo? Lembra também quando você tentou comer a babá da Carol? Foi aqui, porra, aqui, nesta pocilga em que você vive. Eu tinha saído, tinha ido a um jantar com o pessoal do escritório. Eu tava grávida do Carlos, Ricardo. Grávida! Quando voltei encontrei você aqui, bêbado, de camisa aberta, de cuecas, tentando currar a menina. Ela, apavorada, saiu correndo quando me viu, começou a chorar, se trancou no quarto, foi embora naquela madrugada... Foi um custo convencê-la a não dar queixa na polícia, custou caro, muito caro. Na época você não reclamou de meus métodos pouco ortodoxos de convencimento de vítimas. Você não fez discurso ao saber que eu tive que suborná-la.

— Foi um erro, você sabe. Eu tava bêbado, puto com uma sacanagem lá no jornal. Eu pedi desculpas, você prometeu que ia esquecer. É covardia lembrar disso agora —

Ricardo se encostara na parede, precisava de apoio, queria acordar, queria dormir, desmaiar, morrer. Precisava sair dali, como é que fora parar ali? O que que essa mulher está fazendo aqui? E esse sol, meu Deus. Essa luz, não quero essa luz, não quero essa mulher, esses gritos, não quero essa história. Quero que anoiteça, quero que o sol vá embora, que Adélia suma, se desintegre. Eu quero me desintegrar, me jogar por essa janela, fugir deste sol, desta mulher, de todas estas histórias. Quero fugir de mim, fugir dos meus filhos. Porra, caralho, o que que eu fiz? O que é que eu faço agora?

O almoço, o calor, a discussão com os filhos, o sol, a presença de Adélia — Ricardo se sentia como em transe. Com a mão direita esfregava o rosto, com a esquerda, tentava se apoiar na parede que ameaçava cair, despencar. Agora eram os quadros que se moviam, saltavam dos suportes e giravam no sentido horário, como aquelas estrelinhas que rodam sobre a cabeça de um personagem de desenho animado que acaba de levar uma pancada. Os quadros flutuavam naquele calor denso, pesado, se sustentavam no ar quente que entrava pela janela, que subia do chão. Em movimento, formavam um círculo esbranquiçado, desfocado, uma roda em que só cabiam ele e aquela mulher, quem é mesmo essa mulher? parece com alguém que conheço, com minha filha, com minha mulher, com minha ex-mulher. Não dá pra ver, esse calor, essas porras desses quadros que não param de girar... Mau-dia pra você também. Péssimo, terrível... *Quem não sabe sofrer /não tem amor a Deus/ Carrego a minha cruz/ Deus me ensinou a suportar os sofrimentos meus.*

— Ricardo! — O grito de Adélia alinhou as paredes, devolveu os quadros aos seus lugares. Um grito que encontrou Ricardo caído no chão, costas apoiadas no portal do quarto, cabeça pendente para o lado esquerdo, mãos espalmadas no piso. Ela tentou despertá-lo, lhe ofereceu água, molhou sua cabeça, examinou seu pulso, conferiu o coração, que batia forte, ritmado.

— Ricardo!

"Parece bobo dizer isso. No fundo, é mesmo. Meio chavão, lugar-comum, brega. Se fosse um texto, eu vetaria, não publicaria de jeito nenhum. Mas isso aqui é conversa de bar, não é jornal, não é livro, posso falar o que quiser. Preste atenção. Nelson Cavaquinho, ele, os sambas que ele compôs, abrem e fecham capítulos da minha vida. Não faça essa cara, sei que a frase não é das melhores. Mas é assim mesmo. Tem a ver com Nelson, com as músicas dele. Vocês, rubro-negros, não entendem isso. Ficam naquela tentativa idiota de vencer, vencer, vencer. Coisa chata, previsível, sem graça, parece time de vôlei do Bernardinho, o escritório daquela minha ex. Pior é que volta e meia acabam perdendo, ficam frustrados porque não venceram, venceram, venceram. A vida não é assim, na vida a gente se fode mais do que vence. No Campeonato Brasileiro, por exemplo: são quantos times? vinte? vinte e quatro? Pois é, se são vinte, são sempre dezenove contra um. No fim, um ganha e dezenove perdem. O número de perdedores é sempre maior. É claro também que o *um*, o vencedor, vai, ao longo dos anos, perder mais do que ganhar. Pode vencer campeonato, ser vice, conquistar aquela taça com nome de carro que vocês ganharam no Japão. Pode ser bi, tri, tetra. Mas, no fim das contas, vai sempre estar no prejuízo. O número de títulos perdidos vai ser sempre maior do que o de títulos ganhos. É matemático, científico, irrecorrível. Aí vocês ficam elogiando esses merdas desses artistas que querem vencer, vencer, vencer. Que morrem de medo de sair de moda, que lançam disco novo todo ano, que se reciclam, que se atualizam, que param de beber, ficam saudáveis, que não têm barriga. Bando de merdas. O Nelson não tinha nada disso, sempre viveu ferrado, sempre tomou porrada, sempre se lixou pra essa porra de mercado. Tava com fome? Vendia um samba, o dono do boteco virava parceiro porque deixou o Nelson comer de graça. O cara foi o compositor mais generoso da música brasileira. Tem parceiro dono de boteco, de puteiro, gerente de hotel vagabundo, de espelunca. Os herdeiros desses caras devem estar até hoje orgulhosos: papai foi parceiro de Nelson Cavaquinho. É, parceiro: entrou com o bife, com o quarto, com a puta. Quer saber? O Nelson tava certo, danem-se. Chegou a dizer isso nisso num samba, dele e do Guilherme. Aquele, assim: *Eu que já vaguei nas madrugadas/ E já fui o dono das calçadas/ Pra todos aqueles que me estenderam a mão/ Dividi meu coração.* Olha só que coisa bonita: 'Dividi meu coração'. Ele não reclama, não diz que foi explorado, que teve que ceder parceria. Ele sabe que foi salvo, que comeu, que bebeu, que trepou graças aos que lhe estenderam a mão. E, em troca, simplesmente, dividiu seu coração. Ele queria o quarto, a puta e o bife em vida. Me dê o bife em vida. Defunto não come, não precisa de quarto pra dormir, não precisa de puta. Melhor assim, foi mais honesto. Podia ter tido uma vida melhor? Podia. Mas aí não seria o Nelson Cavaquinho, que dormia bêbado em praça pública, que se apaixonava por mendiga, o dono das calçadas. O Nelson não fazia tipo. Quer saber? Outro assim só o Vandré. Outro que se fodeu, que acabou doidinho, batendo palma pra milico. Esse também foi espada, corajoso. Brigou com aqueles bobalhões da Jovem Guarda, encarou os baianos, botou o Maracanãzinho pra cantar com ele, foi honesto, enfrentou vaia a favor. O cara teve a dignidade de ser contra a massa que tava ali gritando por ele. Não é pra qualquer um. Claro, não segurou a onda, pirou. Foi honesto ao enlouquecer, uma atitude digna, correta. Queria o quê? Virar cantor de protesto de butique? Ficar fazendo temporada nessas casas que têm nome de celular? Todos que se danem. É como se hoje, doidinho, doidinho, jogasse na cara de todo mundo: 'Enlouqueci, sim, e daí? Fui mais honesto e corajoso que vocês todos que ficaram aí, de sacanagem, brincando de fazer oposição.' O Vandré é que nem o Nelson. Esse não enlouqueceu, sempre foi meio pirado, doidão. Se fosse nos Estados Unidos ia ser *junkie*, *beatnik*, essas merdas. Aqui, não. Aqui era um crioulo pobre, ferrado, bêbado, rei vagabundo, como gostava de dizer. Tão fodido que até PM ele foi. Sabia? O pior PM do Rio, ele costumava dizer. Uma vez, foi beber e esqueceu o cavalo, que voltou sozinho pro quartel... Pior PM... Coitado, mal sabia o que vinha pela frente. Hoje os caras teriam vendido o cavalo pro tráfico... Mas, meu caro, meu casamento não podia dar certo. Um sujeito como eu, que gosta do Nelson, nunca poderia ter-se casado com aquela megera. Do que que ela gosta? Sei lá. Deve gostar de tudo o que for arrumadinho, certinho, bem-sucedido, de cantor que venda muitos discos, que faça trilha de filmes de sucesso. Gosta de música de patroa, não gosta de música de empregada. Tem horror ao Nelson. Já contei? Foi meio por causa dele que eu deixei o exílio, abandonei São Paulo. O Nelson morreu em fevereiro, em 86, se não me engano, uma semana depois do carnaval. Desfile vencido pela Mangueira, sente só. Eu já tinha ficado puto porque não pude vir para o Rio para o carnaval. A..., ela, enfim, ela cismou que as crianças eram pequenas, que o Rio tava uma bagunça, que era isso, era aquilo. E, cacete, fomos pra Ilhabela. Você não tem idéia do que é passar um carnaval numa ilha cercado por um pedaço da elite paulista. É um negócio assustador, tristíssimo. Passei quatro dias de porre, o Carlinhos tava com 1 ano, sumiu na praia; a Caroline, ela tinha 3 anos, quase se afogou. Ela lá, no meio do mar, se batendo toda, e eu na areia, me afogando em cerveja. Acabou sendo salva por um sujeito, um banhista, como eles dizem. Imagina se o cara não vê a menina, se não se joga no mar para salvá-la? A culpa que eu ia ter até hoje. Deve ser por isso que ela resolveu dar pra todo mundo, deve achar que, um dia, vai dar pro sujeito que a salvou em Ilha Bela... Levei um puta de um esporro, esse, admito, mais do que merecido. Mas, também, quem mandou me levar para Ilha Bela no carnaval? Na quarta-feira a gente voltou pra São Paulo, eu fui pra porra da revista.

Na semana seguinte, chegou a informação que o Nelson Cavaquinho tinha morrido. Cara, foi muito triste, me senti um traidor, um ingrato. Achei que ele nunca ia me perdoar. Na verdade, *eu* é que nunca iria me perdoar. O Nelson nem sabia quem eu era, nunca tive coragem de me apresentar, nunca pedi pra fazer matéria com ele. Nada, nada. Era só um fã, um cara da platéia, vi lá uma meia-dúzia de shows dele, aquelas coisas meio improvisadas, mambembes. Depois, pedia autógrafo nos discos. Com a morte dele, eu fiquei puto, arrasado. A Mangueira ganhando campeonato aqui e eu passando o carnaval em Ilhabela. Volto pra São Paulo e o Nelson Cavaquinho morre. Cheguei na redação e soube da notícia, ele tinha morrido de madrugada. Pra piorar, tudo pode piorar, os caras da revista decidiram dar a morte do Nelson no funéreo, uma nota, um registro. Mandei todo mundo se foder, eles não poderiam cheirar os chinelos fedorentos do Nelson Cavaquinho, eram uns imbecis, uns ignorantes, não entendiam nada de porra nenhuma. Eles que tratassem de ficar ouvindo Arrigo Barnabé. Eu ia embora, vocês que se danem, enfiem essa revista onde vocês bem entenderem. Eu vou pra casa, *RM go home*, *RM go home*. Imagina o tamanho da trolha. A ..., ela, a você-sabe-quem, tava bem, num puta escritório, fazendo milhões de sacanagens, aquelas armações bonitas, aqueles processos que lesavam os cofres públicos em milhões de não-sei-que-moeda. Tinha virado uma craque nisso. Os donos do escritório ficavam admirados com a competência dela em tirar dos pobres para dar aos ricos. Se ela tivesse ficado por lá, a concentração de renda no Brasil ia ser maior ainda. Mas a bruaca tava ganhando muito, mas muito mais do que eu. E olha que eu ganhava bem, era muito dinheiro. São Paulo, né? A gente morava em Moema, perto do Ibirapuera, um apartamentaço. Se não ficasse em São Paulo seria maravilhoso. Mas ficava, era cercado de São Paulo por todos os lados. Um puta apartamento, a gente tinha empregada, babá, o escambau. E eu mandei a redação inteira se foder. Nem fui em casa. Saí de lá direto pro aeroporto, vim pro enterro do Nelson. Na época não tinha celular... A fulana ligou para a redação, cadê aquele cara, cadê aquele maluco? E disseram pra ela que eu tinha xingado todo mundo e sumido. Que eu seria demitido caso não tivesse pedido demissão. Rapaz, comecei a beber no aeroporto, depois, me sentei lá atrás no avião. Lembra do Electra? Tinha feito um barzinho atrás, as poltronas ficavam assim, um semicírculo... Pois é, consegui tomar uns quatro uísques em menos de uma hora de vôo. E ainda era cedo, o vôo cheio de engravatado, todo mundo comendo lanchinho, bebendo coca-cola. E eu, lá no fundo, me entupindo de uísque, enchendo o saco da aeromoça. Sabe bêbado chato? 'Mais um uísque, porra. Deixa de ser mão-de-vaca.' Um vexame. Mas, caramba, o Nelson Cavaquinho tinha morrido. Comecei a cantarolar as músicas dele no avião, gritava que queria flores em vida, que Nelson tinha sido injustiçado, que o Brasil era uma merda, que a aeromoça era uma merda, que a Varig era uma merda, que aquele avião era um ferro-velho, que ia cair, que todo mundo ia morrer, que ninguém merecia viver depois da morte do Nelson. Se fosse um vôo mais longo o comandante tinha aterrissado em qualquer lugar e me jogado pra fora do avião.Quase levei um tombo no desembarque. Beijei o chão do aeroporto, gritei que amava o Rio, que nunca mais ia para São Paulo. Peguei um táxi, fui pra Mangueira, o corpo tava sendo velado lá. Chorei, chorei muito. Acho que nunca chorei tanto, saí até no *Jornal Nacional*. Foi até bom, só assim que ela descobriu onde eu estava. São Paulo inteira correndo atrás de mim e eu, no Rio, na quadra da Mangueira, chorando a morte do Nelson Cavaquinho. Ia dar merda, tinha que dar. Deu. Eu fiquei por aqui mesmo, fui pro meu velho apartamento, não voltei a São Paulo nem para assinar os papéis, resolvi tudo aqui na sucursal da revista. A minha vinda pra cá foi complicada, ganhei fama de doidão, de irresponsável. Demorei uns quatro meses pra conseguir um outro emprego, ganhando menos da metade do salário que eu tinha na revista, queimei dinheiro de férias, de décimo terceiro... Imagina, eu sozinho aqui no Rio... Enquanto ela não voltou, comi uma porção de baranga, aquelas barangas de redação. Hoje mudou um pouco, mas na época eu acho que era proibido ter mulher bonita em jornal, acho que era o decreto de regulamentação da profissão, coisa daqueles milicos... Tracei uma porrada de mulher feia, beijava na boca, pagava contas, chamava todas elas de meu amor. Fiz uma porção de merda... Uns três meses depois ela voltou, o escritório tava querendo aumentar a representação no Rio, acharam que ela era a pessoa ideal, veio com cargo de chefia, a pilantra. Na época ela ainda não tinha escritório próprio.

A gente continuou morando junto. Ela disse que não voltaria pro meu *bunker*, que estava cansada de morar no *playground* da Cruzada. Alugou um apartamento maior, ali pertinho, na José Linhares. Eu aceitei, tava no lucro. Depois de ter feito tanta merda, era razoável que ela impusesse algumas condições. Eu fiquei anos sem dormir direito, a imagem da Caroline quase se afogando não me saía da cabeça. Aquela praia cheia de gente branquela, de mulher de batom, de salto alto... Você acredita que elas vão maquiadas e de sandália de salto alto pra praia? E eu meio bêbado, vendo tudo fora de foco. Uma correria danada, o salva-vidas, a Caroline pálida na areia, vomitando água, eu chorando, pedindo pra ela não morrer, não fazer aquilo comigo... Um excesso de merda, nenhum emissário submarino agüentaria tanto detrito. Achei que deveria dar um crédito pra ela, pro casamento, pros filhos. Durou uns dois anos, mais ou menos. Nessa época, apesar de tudo, a gente até que gostava um do outro. Ou, sei lá, tínhamos medo da separação, sempre dá um frio na espinha. E, engraçado, havia até uns pontos em comum... As diferenças eram engraçadas, conseguíamos até nos divertir com as nossas divergências. As frescuras dela, as maluquices minhas. Os sonhos de riqueza daquela doida, a mania de gostar de Miami, de exaltar São Paulo, veja só. E eu ali, firme, cariocão, chinelão — já contei que uma vez fui de *short* e chinelos na padaria, lá em Moema, e ficou todo mundo me olhando? Eu brincava, dizia que ela ia voltar pra São Paulo, que no fundo ela era paulista, que o casamento ia acabar na ponte aérea, que era deslumbrada, Ela rebatia, dizia que eu gostava de passado, que o Rio tava se acabando, que vivia de saudade, dos tempos idos — citava Cartola, a filha-da-puta. Mas foi acabando. Foi cada um pro seu lado. É ou não é história de Nelson Cavaquinho? Com sua morte, o cara fechou um capítulo e abriu um outro na minha vida. As duas coisas ao mesmo tempo. Fazer o quê?"

O ruído provocado pelo toque do celular rompe, por alguns segundos, a hegemonia do barulho das ondas. Ricardo apressa-se em atendê-lo, toques de celular não combinam com velórios, falta de respeito. Da redação, perguntam se o corpo já foi removido, tem outras notícias rolando, parece que tá dando merda no Vidigal, será que não dá pra você ir pra lá, dar só uma passadinha pra ver como estão as coisas? Não, o corpo continuava na calçada, não daria pra sair dali, as instruções iniciais eram claras: ficar até o fim, até a saída do rabecão. Abração, tchau.

Inacreditável. São quase cinco da manhã e os caras ainda queriam nos mandar pra outra matéria. É cruel. É muita maldade, a gente passou a noite aqui, do lado de defunto, de viúvo, de PM, e os tarados ainda querem que a gente dê "uma passadinha" no Vidigal. Só se for pra visitar a mãe deles. É inimaginável. Quer saber? Talvez seja mesmo a hora de parar, de sair do jornal, de ir pra uma assessoria. Fazer o que quase todo mundo já fez. Tô com 50 anos, porra. Um dos poucos que, com a minha idade, continuam em redação. Permaneceram os melhores e os piores; os que subiram e os que não foram pra lugar nenhum, que não tinham pra onde ir, que consideram lucrativo não terem sido enxotados. Além desses, tem uns poucos que não se encaixam nos dois conjuntos. Eu sou um desses poucos. Dos que ainda estão na rua, que ainda correm atrás de matérias, sou um dos pouquíssimos que têm cabelos brancos. Qualquer hora, uma menina dessas vai me chamar de tio. Ou, pior: vai me tratar de "senhor". Se acontecer, faço igual a meu pai: "Senhor está no céu." Logo ele, ateu profissional. Acreditar, acreditar mesmo, ele só acreditava no jornal. Fé nas letrinhas impressas, na bíblia de cada dia. Morrera no seu templo. Deve ter morrido feliz. Podia até ter sido enterrado na redação, como aqueles bispos e padres que descansam eternamente sob o chão de igrejas. Podiam ter arrumado uma covinha pra ele, num cantinho, no pátio do estacionamento, talvez. Ele não ia se importar, desde que ninguém estacionasse em cima dele. Coitado. Morreu de jornalismo, de *overdose* de jornalismo, morreu de paixão. Eu nem sei como tô vivo. Talvez seja a minha hora de aproveitar que ainda tô vivo, hora de largar o serviço pastoral e ir pra uma assessoria. Ter horário fixo, bom salário, me livrar dos plantões de fim de semana. Arrumar um plano de aposentadoria, garantir uma graninha pra quando ficar velho. Passar a cuidar de empresas, de comunicação corporativa, de gestão, de posicionamento de marca. Escrever *releases*, comunicados, discursos. Argh! Pior: passar a ter que aturar jornalista. Jornalista ligando, pedindo, cobrando, reclamando. Como reclamam os jornalistas. Um velho chefe de reportagem costumava dizer: as três categorias que mais reclamam são repórter, aposentado e mulher de preso. Repórter na liderança do *ranking*, claro. Tomo por mim, sou insuportável. Mas o pior é que, se aceitasse a mudança, teria que aturar o sorriso de vitória dela. Minha saída de redação seria o gozo final daquela megera. Dá pra imaginar o que ela iria falar: "Demorou, mas você tomou juízo, tomou jeito. Deixou aquela rotina insuportável pra trás. Vai passar a ter vida, um salário decente. Pena que você demorou tanto pra tomar esta decisão, Ri-car-do. Eu falei tanto, insisti tanto. Nossa vida teria sido tão melhor, mais tranqüila, feliz. Você teria tido tempo pra cuidar melhor dos filhos, pra cuidar de mim, da gente, da nossa relação. Estaria hoje mais jovem, menos barrigudo, menos esculhambado."

Cabia optar: de um lado, o cansaço, a sensação de inutilidade, de que nada iria mudar. As histórias diferentes que vão ficando parecidas, os chefes cada vez mais novos e arrogantes, a certeza de que atingira seu teto profissional. Depois da *performance* paulista, ninguém o chamaria para um cargo de chefia, ninguém o chamou. Pelo lado oposto, seria obrigado a conviver com chatice da assessoria, com a vitória moral de Adélia — essa mulher não me larga, Mau-dia pra você também... Seria uma vitória na prorrogação, nos pênaltis, mas vitória, a rendição final. De Braca pra Antiquarius, de Paiva pra Manoelzinho, de Belmonte pra Garcia & Rodrigues, de PT pra tucano, de Rive Gauche pra Rive Droite, de Nelson Cavaquinho pra Oswaldo Montenegro — puta que pariu! Opções opostas: de um lado, os plantões, as matérias cada vez menores e insípidas, os cadáveres da madrugada; de outro, o tédio, o *Adélia´s way of life*. Será que dá pra trocar o roteirista? Cadê o autor? O autor, o autor! Cadê esse filho-da-puta?

Ah, o autor. Deve haver um autor, tem que haver um. Um sacana que, primeiro, fez a Adélia invadir a minha casa, o meu *bunker*. Depois, providenciou-me um desmaio, a perda dos sentidos — o que permitiu àquela sujeita a possibilidade de me tratar bem por alguns minutos. Cuidou de mim, me deu água, se mostrou preocupada com minha saúde. Depois — há algo errado neste texto, cadê o revisor, o editor? — me deu alguma paciência para ouvir seu chororô, o lamento daquela pilantra que, em condições normais, em um país decente, deveria estar presa, condenada a pagar, com trabalhos forçados, tudo aquilo que roubou do quase bom e medianamente honesto povo brasileiro. Mais, tem mais: ainda virei proprietário de um apartamento na Delfim Moreira, responsável pela Caroline e pelo Carlos enquanto ela estiver no exterior — a essa altura, já deve estar. O pior, o inconcebível, o inacreditável, incrível-fantástico-extraordinário, o inverossímil: este mulambo, o tal autor, este iletrado que tenta controlar minha vida, meu destino e meus sentimentos me fez ficar, não digo comovido, mas atento aos argumentos daquela senhora. Mantive a ironia, um certo deboche. Mas a ouvi. Pela primeira vez em tantos anos — quantos mesmo? Doze, treze, catorze, sei lá — consegui ouvir a Adélia sem, digamos, uma sensação de ódio misturada ao desespero, sem vontade de gritar me tira daqui, não desejei ter um carro apenas para poder arremessá-lo contra um poste ou na direção de uma pirambeira da Niemeyer. Pela primeira vez em muitos anos, eu pude ouvi-la sem a sensação de escutar uma alma penada. Ou mesmo, sem desejar que ela fosse uma alma penada. Engraçado, OK que ela estivesse desesperada, dependendo de mim. Mas ela não me pareceu mentir, enganar. Sei que ela é boa nisso, uma profissional das mais qualificadas. Teria feito uma grande carreira como atriz. Mas eu sei, eu conheço. Tantos anos juntos, tantas brigas, algumas trepadas, dois filhos... Hoje, ontem, né?, ela não mentiu. Pior, mesmo fugindo, mesmo acuada, a safada conseguiu me jogar contra as cordas. Não ganhou a luta, seria querer demais. Mas arrancou um empate. Dentro do contexto, da situação dela, do jogo em campo pequeno — no alçapão da Ataulfo de Paiva —, até que Adélia teve uma boa atuação. Culpa do autor. Cadê ele, afinal?

— Você está bem? — Sentada na beira da cama, para onde, com muito esforço, conseguira arrastar Ricardo, Adélia dava tapinhas no rosto do ex-marido, repetia a pergunta.

Depois de alguns segundos, ele despertou:

— Adélia? O que que você está fazendo aqui, no meu quarto, na minha cama? Eu morri? Cheguei no inferno? Você morreu também? Eu vou passar a eternidade olhando pra sua cara? Eu devia ter rezado mais, ido à missa, me confessado. Não, tá bom, eu pequei muito, fiz muita merda, bebi demais, joguei dinheiro fora, forcei a barra em algumas matérias, menti um pouquinho. Um pouquinho só. Mas a punição é exagerada: viver com você até sempre? Não, por favor, meu Deus, eu me arrependo, prometo ser uma boa alma, faço o que for preciso. Escrevo uns *releases*, faço matérias, posso ser um bom assessor de imprensa. É só mandar. Não quero muito, só peço um inferno de verdade, com diabinhos vermelhos e chifrudos, caldeiras, correntes, chicotadas. Posso ficar numa cela ao lado de uma torcida uniformizada daquele clube da Gávea, aquele, vermelho-e-preto. Serve tudo, qualquer coisa, mas, não, por favor, não. Ficar ao lado desta megera pra sempre é demais, é vingança em excesso, é muita sacanagem. Eu quero um advogado, deve haver muitos por aqui, no inferno...

— Deixe de babaquice, Ricardo. Você teve um mal-estar, desabou. Deve ter sido o calor, este seu moquiço é muito quente. Você tá vivo...

— É a única coisa boa que você me diz em uns 20 anos...

— ...eu também estou viva.

— Nada é perfeito.

Ricardo bebeu mais um gole do copo d'água que Adélia colocara sobre a mesinha. Fechou os olhos, tomou fôlego, levou o tronco para trás, sentou-se apoiado na cabeceira da cama.

— OK, Adélia. Eu não morri, você também não morreu. Estamos vivos e assustadoramente próximos um do outro. Deixa ver... Pelo que me lembro, você invadiu meu apartamento para me dizer que estava ferrada, que ia fugir do país, que a polícia ia acabar batendo na sua porta, é isso?

— É, é isso mesmo. Em linhas gerais é isso. —Adélia levantou-se, foi até a cozinha, pegou um banco, colocou-o ao lado da cabeceira. — Deu tudo errado. Acho que tenho algumas saídas, eu e outros advogados avaliamos que, passada essa primeira onda, tudo se resolve. Os meus colegas vão apelar, enrolar, fazer o que tem que ser feito. Mas eu não posso esperar pra ver, não posso me arriscar a ir para a cadeia.

— Por que não? Adoraria fazer esta matéria. Você sendo presa em casa, cercada de jornalistas, de fotógrafos, de cinegrafistas. Aquele monte de porteiro paraíba da Delfim Moreira cercando os carros da Polícia Federal, gritando eu, eu, eu, a madame sifodeu. A patuléia gritando justiça, justiça, justiça! Já pensou que coisa linda? Você não me daria mesmo uma exclusiva na cadeia?

— Por favor, Ricardo, você já fez esta piada. Não é possível que você me odeie tanto assim.

— Não é?

— Deixa de babaquice. Vou precisar de sua ajuda. Não quero levar as crianças na viagem, não quero que elas sejam prejudicadas. Já vai ser duro ver o nome da mãe nos jornais. Eles estão sabendo que pode haver algum problema. Expliquei tudo ao Carlos; para a Carol, fiz apenas um resumo.

— Ele me falou alguma coisa, no fim do almoço. Quanto à Caroline, cacete: ela não deve ter entendido porra nenhuma, mas, coitado do cartão de crédito dela. Vai apanhar em dobro hoje...

— Claro que alguma coisa vai respingar neles, os amigos mais chegados sabem que eu sou a mãe deles. Mas ainda bem que eles têm o seu sobrenome, não o meu. Fica mais difícil fazer a ligação entre mim e eles...

— Desta vez eles vão sentir algum orgulho do meu sobrenome. Menezes — nome de pobre, lembra que você dizia assim?

— Ricardo, tenho pouco tempo, daqui a pouco eu terei que pegar um avião pra conseguir sair do país. Não dá pra sair oficialmente. Esses sacanas já devem ter distribuído o mandado de prisão, não vou conseguir passar pela polícia.

— Uma foragida internacional. Que luxo. Desse jeito, o Brasil acaba dando certo. Mas, sim, repito: o que que eu tenho a ver com isso?

— Você é o pai da Carol e do Carlos. A partir de agora e por alguns meses, você é que vai ter que cuidar deles.

— Tem vaga no avião? Na cadeia, talvez? Será que eu posso ser preso no seu lugar?

— ...

— Desculpe, Adélia, mas isso não é justo. Você tirou esses meninos daqui de casa há mais de quinze anos. Você me tirou os filhos, os transformou em dois panacas, dois idiotas. E, agora, quer que eu cuide deles... Eles são adultos, são bem grandinhos, sabem se cuidar sozinhos.

— Fique tranqüilo, eles não virão para cá. Seria muita maldade com eles. Vão ficar em casa, na minha casa. Quer dizer, na *sua* casa.

— Como assim, *minha* casa?

— Eu a doei para você, Ricardo. Foi quando eu vi que a situação poderia apertar. Não poderia arriscar perder um apartamento de quatro quartos na Delfim Moreira por causa de um procuradorzinho morto-de-fome.

— Você doou para mim? Mas como? Eu não aceito, eu não quero!

— Calma, você tem, a partir de amanhã, um ano para dizer se aceita ou não a doação. Foi o prazo que, de acordo com o Código Civil, eu estabeleci para você dizer se quer ou não quer um apartamento como aquele. Como hoje os cartórios já estão fechados, você só poderá dizer que não aceita amanhã, quando eu estiver bem longe desta bosta deste país. E, aí, haverá um impasse.

— Filha-da-puta!

— Vou relevar isso. Você deve estar se perguntando por que não doei o imóvel para as crianças. É simples: era mais arriscado. Um procurador poderia alegar que a doação era falsa, apenas para fraudar a justiça. Carol e Carlos são, afinal, meus herdeiros. Assim, achei melhor doar para você. Ninguém imaginaria que eu pudesse ter algum conluio com você. Depois de tudo o que houve...

— E os outros imóveis, a fazenda, os carros?

— Tá tudo em nome de empresas *off shore*. Eu deveria ter feito a mesma coisa com o apartamento, mas, sei lá, adorava ver meu nome naquela escritura. Um apartamento na Delfim Moreira... Fui dar uma de romântica, alguma influência tardia sua, claro. E me ferrei.

— Mas, Adélia, isto vai dar merda pra mim, os caras vão descobrir isso, vou ter problema no jornal, vou ter que depor na Polícia Federal, isso pode acabar com a minha carreira.

— Isto seria um, digamos, benefício extra. Fique tranqüilo, isto dificilmente vai acontecer. Você será assessorado por ótimos advogados, de outro escritório, claro. E pode alegar que foi vítima de uma armação, que não sabia de nada. O que é absolutamente verdade. Meu telefone deve ter sido grampeado, e, certamente, não há qualquer gravação que possa lhe comprometer.

— Mas por que eu, Adélia? Nós nos detestamos, você sabe. Eu, pelo menos, tenho horror a você. Acredite, estou sendo sincero.

— Sei disso. Mas você é honesto, seu canalha. É um merda, um fracassado, um conformado. Um homem sem ambições, um babaca que, aos 50 anos, só sabe pensar na porra daquele jornal. Mas você seria incapaz de me dar um golpe, de me passar a perna.

— Em você? Sei não...

— Você sabe que não seria.

— É, nisso você tem razão.

Ricardo deu um leve sorriso. Levantou-se da cama, foi até o banheiro, cantou:

Ontem negastes a mão
Quando eu quis me levantar
Mas aprendestes a lição
E hoje estou pronto
Pra te ajudar.

— O Nelson é foda! — gritou.

— Quem?

— Um amigo, um velho amigo, Adélia. Um bom, sincero e velho companheiro.

"Se eu fui apaixonado por ela, alguma vez? Sei lá. Acho que sim. Devo ter sido, claro que fui, senão, não teria me casado com ela. A gente sempre foi muito diferente, eu mais boêmio, ela mais conservadora. Estudante de direito, né? Legalista, meio autoritária. Talvez por isso a gente tenha investido tanto na relação. Um segurava as pontas do outro. Eu a carregava pra farra, pras rodas de samba, foi graças a mim que ela conheceu o subúrbio. Ela reclamava, mas no fundo gostava. Naquela época era mais fácil, não tinha tanta violência, dava pra sair de Madureira, de Ramos, às três, quatro da madrugada. Ela vinha dirigindo, eu, claro, roncava no banco do carona. Nunca gostou muito de jornalismo, achava que isso era mais uma diversão, ou mesmo uma espécie de compromisso tardio com o meu pai. Uma maneira de imitar o velho, de ser uma versão revista e atualizada dele, de completar seu serviço. Um MM passado a limpo: jornalista formado em faculdade, de bom texto, sem aqueles vícios, sem as putarias daqueles tempos. Talvez ela tivesse razão. Mas eu já gostava disso. Ela também, de certa forma, no início, foi boa pra mim. Me deu um pouco de ordem, aprendi a me organizar um pouco. Também aprendi alguma coisa de direito com ela, de processo penal, de legislação. Mas, olha, a gente se casou muito cedo, com menos de 30 anos. Um tempo depois nasceu a Caroline: eu saía tarde do jornal, não tinha saco de ir pra casa cuidar de neném, de aturar choro, de trocar fralda. Saía do fechamento, da porrada, precisava dar uma relaxada, jogar conversa fora, falar mal dos outros. Antes ela até saía comigo, ia me encontrar na Presidente Vargas, naquele boteco ali perto da Miguel Couto. Era meio esquisito, ela vinha do escritório, acho que ainda era estagiária... Mas saía toda chique, de *tailleur*, sapato alto, aquelas coisas de advogada. E jornalista é meio esculhambado, né? Eu quase nunca usava terno, tinha aquele bando de mulher malvestida, de calça jeans, sem maquiagem. Os tempos eram meio complicados, aquele fim de ditadura. Eu lá meio ligado a uns caras que já apostavam numa opção fora do MDB, ela achava que o melhor era não participar de nada muito organizado, que eu deveria ficar de fora dos partidos, que, como jornalista, não era bom me envolver com política. A gente sempre brigava por causa de política. Pior era quando ela inventava de sairmos com os donos do escritório. Advogados, cíveis ainda por cima, imagina. Bons caras, profissionais, muito educados. Mas muito caretas, chatos, com aquela mania de falar mal de jornalista, de dizer que a gente não entende nada de porra nenhuma—pior, quase sempre eles tinham um bom exemplo, uma boa evidência, de que a gente não entendia mesmo nada de porra nenhuma. E aí eu ia ficando meio puto, bebia demais, acabava falando o que não devia. Contava piadinhas de advogado, aquelas que a gente vê em filme americano, e, claro, citava aquela frase que dizem que o Lênin disse: 'Advogados, nem os do Partido.' Ficava aquele mal-estar, aquele bando de sorriso amarelo. No fundo eu devo ter dado alguma contribuição para atrapalhar a carreira dela. Mas ela sempre foi brilhante, dava um jeito de se safar, de conseguir superar a péssima impressão causada por aquele marido chato e inconveniente. Com o tempo, ela parou de ir nos meus bares; eu deixei de ir nos restaurantes dela. Cada um foi se encostando em seu próprio canto. A ida para São Paulo até que apontou para uma melhora na relação. Eu conhecia menos gente, ela também. Paulista é mais frio, mais desconfiado, você não vira amigo de infância assim, de cara. Mas, sei lá, não dava pra encarar engarrafamento na ida, engarrafamento na volta. E, no meio, aqueles manés da revista que se achavam inventores do jornalismo. Romário perto deles teria a humildade de um frade franciscano. Marrentos, chatos, empertigados. E, quando me safava deles, me livrava do engarrafamento, tinha que ouvir histórias do fórum paulistano, que aturar reclamação, que levar bronca. Aqui no Rio eu levava uma bronca e ia prum bar, ia passear na praia. Em São Paulo, ia fazer o quê? Nadar no Tietê? Ver leão no Simba Safari? Quando notei, já tinha voltado pra cá. Caso clássico de abandono de lar. A gente ainda tentou, você sabe. Mas não deu mais pé. O divórcio saiu sem muito choro, sem muito drama. Os meninos ficaram com ela, era assim que tinha que ser. Foi bom, melhor assim. Mas viver sozinho é meio chato. Esse negócio de sair catando mulher é divertido aos 20 anos. Vá lá, aos 30 também tem sua graça. Mas lá pelos 40, é foda. Você acaba achando que vai comer alguém com a cara da sua avó. Tem medo de marcar programa numa leiteria, da mulher te convidar pra ir ao teatro de van. Sei que não é assim, tem muita mulher gata de 40, até de 50 anos. Mas você sai duas vezes e elas já vêm falar em casamento, começam a querer botar ordem no apartamento, a mudar a decoração, a indicar faxineira, bombeiro hidráulico, pintor, marceneiro. Tem mulher que se parece com aqueles catálogos de páginas amarelas, guardam listas e listas de prestadores de serviços. Fora que você tem que ter maior cuidado com as adolescentes: no meu caso, aquelas que têm por volta de 35 anos. Aquelas que até agora não tiveram filhos e já começam a ver o Cabo da Boa Esperança sem binóculos. Essas olham pra você como quem olha prum daqueles cavalos campeões, usados em reprodução. Só querem saber do seu sêmen. Com essas, só uso as minhas próprias camisinhas, não sou besta de usar as que elas trazem, devem ser mais furadas que chuveiro. Pra mim, chega. Só não fiz vasectomia porque tenho medo do cara cortar coisa demais. Quando menos mexerem aqui embaixo, melhor. Já basta levar dedada de vez em quando. Mas filhos, deixa pra lá. Fui reprovado em Filho 1 e em Filho 2. Pau puro, fui jubilado, posto pra fora com pé na bunda."

Legalidade. De costas para o cadáver, de frente para o mar, dois passos à frente de Pimenta, Ricardo admitia uma certa graça em cobrar legalidade da Adélia. Certo que uma advogada deveria zelar mais pelo cumprimento das leis do que outros profissionais. Mas, e os jornalistas? São como porta-vozes de um senso comum meio difuso, volta e meia se agarram a esquecidos decretos, portarias e resoluções como alpinistas desesperados diante do abismo, como udenistas empedernidos. "O senhor disse que não contrariou nenhuma lei, mas o decreto Y, parágrafo X diz que...", "Desculpe, prefeito, mas é que o senhor, quando era vereador, votou a favor de uma lei que proibia isso que o senhor defende agora...". Fiscais informais da lei, integrantes de um autonomeado ministério público, especialistas no apontar supostos vícios, erros, transgressões. Homens e mulheres que, em tese, estariam acima do mal: não dirigiriam bêbados, não fumariam maconha, não subornariam guardas, não estacionariam sobre as calçadas. Teriam um rígido controle sobre suas finanças: como exigem dos governos, não gastariam mais do que têm. OK, OK, na escala de pecados, Adélia colecionava vários classificáveis como mortais, daqueles que garantem passagem só de ida para o mais profundo dos infernos. Mas Ricardo sabia que também tinha os seus. Veniais, achava: curáveis com meia-dúzia de pai-nossos e outro tanto de ave-marias. Quem nunca bebeu de graça no Paulistinha que atirasse a primeira bolacha de chope. Um bom chope, por sinal. O problema é que o dono nunca deixava jornalista pagar. Certo que ninguém se venderia por meia-dúzia de chopes. Mas o outro e maior problema é que o dono do bar era um bicheiro, um daqueles que, anos depois, seriam presos em um rumoroso processo. Um bicheiro amigo dos jornalistas. Além de distribuir chope para os coleguinhas, era pródigo em liberar informações sobre a categoria a que ele pertencia, a dos banqueiros do jogo do bicho. Ainda nos anos 70, ele ganhara dos repórteres o título de "porta-voz da contravenção" que com alguma freqüência aparecia nas páginas dos jornais. Para não queimar a fonte, os repórteres combinaram — eu participei disso! — um codinome pro sujeito. Nas reportagens ele aparecia identificado como Luciano Carlos Pereira, o porta-voz da contravenção. Isso numa época em que não havia Liga das Escolas. Os bicheiros já mandavam e desmandavam no carnaval, mas a organização do desfile ainda era da Riotur — bons tempos, por sinal. Tempos em que cada jornal ganhava um camarote na Marquês de Sapucaí, naquela época em que ainda não havia sambódromo. Melhor ainda porque o credenciamento era generoso, não precisava mandar foto, dava pra encher o camarote de vagabunda. Como a Adélia nunca quis ir aos desfiles... Mas o "Luciano" era um bom assessor de imprensa. Um dos melhores que conheci. Na época, a luta pelo poder no bicho ainda era cruel, os grandes banqueiros ainda não tinham dividido bem seus territórios, tinha gente de fora querendo entrar, volta e meia aparecia um cadáver. Uma guerra igual a essa que rola aí hoje, entre os donos dessas maquininhas de videopôquer. E, porra, a gente tinha que descobrir quem mandava onde, quais eram as deliberações da tal cúpula da contravenção — a gente batizou assim o grupo dos principais bicheiros: Castor, Anísio, Luizinho, Raul Capitão... Depois, acho que já na virada dos 80, apareceu um comandante da PM que sentava a porrada nos bicheiros, nos apontadores. Os bicheiros ameaçaram fazer greve, paralisar a atividade. Foi quando o secretário de Segurança pediu pelo amor de Deus, assim mesmo, pelo amor de Deus, pros bicheiros não fazerem greve. O secretário de Segurança, que, se não me engano, era um general, implorando pra bicheiro não fazer greve! E aí era porrada pra todo lado: a PM descendo o cacete nos apontadores, correndo atrás dos sujeitos que ficavam fazendo jogo nas esquinas. E o secretário de Segurança defendendo o papel social do bicho, falava na geração de empregos, o escambau. O Paulistinha fica ali, logo no início da Gomes Freire, era um ótimo lugar para apurar tudo o que rolava no jogo do bicho, e ainda tinha chope de graça. O cara, o tal do "Luciano", ainda inventou uma versão resumida do jogo. Um jogo do bicho *privé*, que só rolava ali. Ele escolhia um bicho vencedor a cada noite e saía dando dicas entre os freqüentadores do bar. Entre eles, claro, uma porrada de jornalistas. O melhor é que ninguém precisava pagar pela aposta, bastava acertar o bicho pra levar uma graninha. Suborno? Que nada: jogo, um jogo particular, especial, não carecia de aposta em dinheiro. Um bom jogo. Era engraçado, havia menos cobrança, menos patrulhamento. No fundo, tinha mais putaria. É como a história do Carniça, que trabalhava em jornal e em repartição pública, todo mundo achava normal. Então, não dá pra negar que tenho meus pecados. Se é pecado beber de graça chope de bicheiro, eu confesso: bebi. Isso deve horrorizar os moleques mais novos. Eu mesmo fico meio horrorizado... Mas era diferente, bem diferente. Com a polícia, por exemplo. Eu sou de uma geração que começou a pegar pesado com a polícia. Não dava ainda pra bater de frente com o Exército, com as Forças Armadas. Então, a gente aproveitava e descia o cacete na farda que estava mais próxima, e tome porrada na PM que, diga-se de passagem, sempre colaborou com a gente, sempre fez muita merda. O sindicato dos jornalistas deveria agradecer à briosa corporação as ótimas matérias que, ao longo dos anos, seus integrantes sempre nos proporcionaram. Lembra daquela mulher, como é mesmo o nome dela? Aquela que encarou um batalhão inteiro pra tentar descobrir o soldado que matou o irmão? Pois é, eu tava lá. Foi arrepiante ver aquela mulher, negra, pobre, olhando a cara dos policiais, todo mundo formado no pátio do batalhão. E ela lá, encarando um por um. A foto é espetacular. Depois teve aquele outro caso, dos PMs que prenderam uns pobres pelo pescoço com uma corda. Todos negros, claro. Parecia uma imagem de Debret. O Morier fez a foto, eu trabalhei na suíte. E tome porrada. Mas isso era na época em que falar em direitos humanos dava prestígio. Hoje, se falar muito nisso você leva porrada. O editor pede pra ir devagar, que a criminalidade tá foda, que tem que segurar um pouco a onda, que não pode pegar muito no pé da polícia. Fora o leitor que enche o jornal de *e-mail* cada vez que a gente mostra um policial esculachando um bandido, um suspeito de ser bandido. E a gente acaba se contaminando com isso, meu caro. Outro dia mesmo, há uns dois anos, fui fazer uma operação da Federal. Da Federal, olha só, os caras são melhores, mais sérios. Foi fora do Rio, eu tive que dormir na tal da cidade. A operação foi meio caída, eles só prenderam uns zé-manés. Mas no dia seguinte, logo depois do café, soube que, na madrugada eles tinham dado umas porradinhas num dos presos e o sujeito abriu o bico. O delegado falou pra mim que tinha dado uma prensa no sujeito. Ou seja, deu-lhe umas porradas. E aí? O que que eu ia fazer? Não foi uma descoberta minha, não foi o preso que se queixou. Foi o delegado, o mesmo que tinha me passado toda a história, que tinha ficado comigo bebendo chope na véspera, o cara que gostava do meu trabalho, que dizia que eu era um jornalista sério, confiável. Ele era um bom delegado, não era bandido, não era corrupto. Ele chegou pra mim e disse que tinha dado a tal prensa no sujeito. E sabe o que eu fiz? Não fiz porra nenhuma, fingi que não escutei, mas volta e meia volto a escutar. Tava vindo de uma crise no jornal, ameaçado de perder o emprego... Fingi que não escutei, que não soube de um caso de tortura. Até hoje eu finjo que não escutei. Mas nem sei por que eu tô contando isso tudo, Pimenta. Acho que tô cansado, de saco cheio. Não agüento mais olhar pra cara daquele viúvo. Quer saber? Não agüento mais nem olhar pra sua cara. Porra, já tá amanhecendo e nada do rabecão chegar.

— Você não me perdoa, não é mesmo, Ricardo?

Sentado na cama, diante de Adélia, ele se sentia como se de volta de um transe, de uma convulsão. Esgotado, mas, de alguma maneira, leve. Em outros tempos não ouviria aquilo tudo, todas as queixas, o desabafo. Berraria, bateria portas, sairia de casa. Mas agora tudo seria inútil. Ninguém sairia daquele apartamento vencedor. Adélia dali a pouco fugiria do país, ele iria para um plantão noturno que já começaria pesado, indigesto como o almoço com os filhos, assustador como a confissão da ex-mulher. Sentia-se eufórico e, ao mesmo tempo, triste, conformado. Não havia saída, não ali, naquele momento. Não havia razão para mais uma briga, outra discussão. Não haveria por que rezar a Madipra. Havia um jogo empatado, não um zero a zero, mas talvez um -1 a -1, um placar negativo, fruto de um jogo que ninguém vencera e que a igualdade só tirava pontos, não acrescentava. Não tinha saídas, o que fazer. Restava ouvir Adélia. Mais dez, quinze, vinte minutos, o tempo que ela quisesse. Deixa falar, como o nome daquela velha e extinta escola de samba.

— No fundo, no fundo, você acha que eu sou a grande culpada da sua vida ter ficado uma bosta. Não, por favor, não me interrompa. Já disse, tenho pouco tempo. Depois você reclama, chia, manda carta, *e-mail*. Faça o que bem entender. Mas agora é minha vez. Você reclama de mim, sempre reclamou. Sacaneia, ironiza, põe em mim todas as culpas do mundo. Mas você queria o quê? Que eu me conformasse a ficar aqui, neste apartamento apertado, feio, velho? Eu sei que fiz algumas bobagens, Ricardo. Por causa de uma delas é que, daqui a pouco, eu vou ter que fugir do país. Acho que é temporário, que isso vai ser resolvido em breve. Não consigo acreditar na possibilidade deste país ter ficado sério justo na minha vez. Mais de quinhentos anos de história de putaria, de sacanagem, de impunidade, e os caras resolvem jogar direito justo na minha vez? Não pode, é incompreensível, é uma perseguição pessoal. Como você vê, meu caro ex-marido, acabei adquirindo um pouco do seu humor. Eu vou me mandar, Ricardo, e vou arrasada. Certo, isso fazia parte do risco, era razoável que pudesse ocorrer. Mas não imaginei que chegasse agora, num momento tão delicado para os meninos. É, delicado, sim. Ou você acha que foi fácil criá-los sem você? É muito fácil, hoje, você criticá-los. É muito fácil brigar com eles. A Carol, coitada, chegou muito mal lá em casa, depois do almoço. Eu tava de saída, ainda tentei conversar, mas ela não quis. Chegou chorando, os olhos vermelhos. Entrou em casa correndo, se trancou no banheiro, acho que começou a vomitar. O Carlos veio batendo portas, gritando, xingando. E você sabe que ele, ao contrário de você, pouco fala palavrão. Mas, sei lá, no fundo é bem parecido com você. Tem o seu jeito, sua maneira exacerbada, exagerada, de reagir. Surpreso? Claro. Você só vê o Carlos contido, versão para consumo do pai. Não sabe que esse é apenas o jeito que ele encontrou para conseguir ter um mínimo de convivência com você. Resolveu que você seria quase como um cliente. Vai ao seu encontro como a uma tensa reunião de negócios, cheio de autocontrole, de autocensura. Quando chega em casa, desaba, bate porta, dá socos na parede, berra uma porção de palavrões. Ele transborda, Ricardo. Não faz essa cara, não tô mentindo pra você. Seria uma sacanagem minha mentir numa hora dessas. Não quero julgá-lo, Ricardo, seria muita pretensão da minha parte. Eu também errei, e errei muito. De certa forma, contribuí para afastá-los de você. Os seduzi com um apartamento melhor, com uma vida mais tranqüila, com viagens à Disney. Falei muito mal de você, você sabe. Também fui fraca, Ricardo. Também vacilei. Mas é foda ser traída, meu caro. É duro descobrir que o marido era uma espécie de consolo universal das redações cariocas. Um ombro e um pau sempre disponíveis para qualquer jornalista iniciante. Ou veterana, sei lá. Ricardo, me contaram que você pegou cada mulher inacreditável... Só de lembrar aquele boteco de bicheiro que você gostava de ir. E aquele outro, bem xexelento, da Presidente Vargas? Aquele chope meio quente, sem graça, aquelas mulheres chatas, de fala enrolada. Todas feias, orgulhosas de seus cabelos sem corte, daqueles rostos cheios de rugas de cigarro. Todas se achando poderosas porque sabiam, ou porque achavam saber, as conseqüências da queda da bolsa de Hong Kong pro mercado brasileiro de sapatos e artigos de couro. Caguei pra elas, foda-se Hong Kong, fodam-se os produtores de couro e derivados de São Paulo, do Rio Grande do Sul. Fodam-se todos eles, os chineses também. Desde então só compro sapatos italianos. Isto, por bom gosto, mas também por causa delas. Não agüento ouvir falar em *commodities*, em expansão da base monetária, no caráter inercial da inflação brasileira. Inercial era a vida delas, a sua vida. E você, que foi pra cama com elas, Ricardo? Me deixava atolada com as crianças, tendo que me virar no escritório, cheia de trabalho em casa. Você nunca lavou um prato, Ricardo. Nunca trocou uma fralda. Nem deve saber se seu filho tem pinto. Depois teve aquela história de São Paulo. Lembra que eu falei que ia ser meio complicado para mim? Eu tava bem aqui no escritório. Mas percebi que seria importante para você, tanto que te convenci a ir. Me sacrifiquei um pouco, mas foi por sua causa. Queria te tirar deste apartamento, desses bares, desses amigos, dessa vida. Brinquei com suas piadas sobre São Paulo, disse que ia ser bom, que era pertinho, que tinha a ponte aérea. Até usei seu mote, dizendo que ia ser legal para as crianças viverem uns anos no exterior. É, Ricardo, de vez em quando nós brincávamos, fazíamos piadas; você, principalmente. Piadas que depois você gostava de contar na rua, pros seus amigos, pras suas amigas. E eu ficava toda boba, Ricardo. Eu caía de quatro por você. Ficava feliz só de ver você chegar não muito tarde em casa, ver que você estava sóbrio. E aí a gente foi pra São Paulo. E você tratou de chutar o balde. Antes de completar um ano, Ricardo. O combinado era que a gente ficaria uns dois anos por lá. Você fez aquela besteira, se mandou pro Rio. E ainda botou a culpa no Nelson Cavaquinho. O Nelson é inocente, você sabe. Você voltou por covardia, tava dando certo, Ricardo. Você podia ter esperado um ano, pelo menos um ano. Eles gostavam do seu trabalho, você sempre foi muito bom, você sabe disso. Com um pouco de jeito, teria conseguido uma transferência para a sucursal do Rio. Talvez ganhando um pouco menos, mas teria vindo de uma forma digna, decente. Mas você preferiu fazer aquele papelão... Desculpe, Ricardo, eu não era pra ficar falando assim, você tem razão: eu invadi seu apartamento, acabei de jogar os meus problemas no seu colo. Acabei de jogar nossos filhos no seu colo — você vai poder, se quiser, é claro, niná-los um pouco. Antes tarde, né? Desculpe, mil desculpas, acredite em mim. Eu tô mal, vou precisar pensar muito na minha vida. Mas, entenda, era minha única opção, nessa hora não dá para confiar em mais ninguém. E, em você, pelo menos nessas questões de dinheiro, eu confio. Apesar das suas agressões, das suas ofensas. Apesar deste documento ridículo que você colocou aí na parede, essa promessa de não mais se casar. A culpa é minha, claro. Só minha, é o que você faz questão de dizer. Mas agora não posso cobrar nada, ao contrário. Mil desculpas. Mas, sei lá, tente aproveitar essa chance, Ricardo. Tente ficar um pouco com a Carol, com o Carlos. Eles não são tão ruins assim. São boas pessoas, legais. A Carol é meio fútil, eu sei, já briguei muito com ela por causa disso. Eu também sou consumista, adoro torrar dinheiro. Mas você sabe que cada escama da minha bolsa de couro de cobra foi comprada com meu trabalho. Cada gota de Anaïs Anaïs, cada gole de Moët Brut Impérial veio da minha ralação. Mas, sei lá, talvez no caso dela seja aquela velha história da carência, de fuga. De compensar com o consumo a ausência de algum carinho. A nossa ausência, provavelmente. Até porque, admito, nunca dei a eles o tempo que gostaria de dar. Como fuga, como protesto, ela acabou meio desligada, se faz de burrinha, optou por ser desinformada. Logo ela, filha de uma boa advogada, de um bom jornalista. O Carlos é um bobão, um meninão. Faz aquela cara de mau para poder sobreviver, para poder segurar a onda. Mas é bobo, imaturo. O que a Carol tem de assanhada, de namoradeira, ele tem de recluso. Acho até que ele é virgem. Viado não é. Mas virgem, sei não. É violento, mordaz, irônico? É. Igual a você, Ricardo. Bem feito, você acabou tendo um filho igualzinho a você. Você enche o saco com essas babaquices esquerdistas? Tudo bem, ele vai pela direita. Você bebe, enche a cara? Ele até que tenta, mas mal consegue tomar uma taça de vinho — de bom vinho, não aqueles xaropes que você trazia pra casa. Até aquele vinho horroroso do D. Eugênio você cismou uma vez de trazer. Como era mesmo? *Rosé* licorado... Uma espécie de rapadura líquida da serra gaúcha... Bem, Ricardo, sei que você não acredita nisso, mas fique com Deus. Espero que você se ajeite com os meninos, que cuide deles. Eu vou mandar notícias. Talvez demore um pouco. Os *e-mails* não são seguros, talvez eu só possa enviar alguns quando estiver segura, não quero ser presa no exterior, voltar ao Brasil algemada, cercada por policiais federais. Deus me livre daquela estética P.C. Farias. Os meninos têm dinheiro suficiente para se virarem. Têm também acesso a contas especiais, de emergência. Eles sabem o que deve ser feito. A Carol, como você deve saber, vai viajar no mês que vem. Deixe que vá. Ela quer ir. Eu é que queria ficar. Quer saber, Ricardo? No fundo, eu nunca queria ter saído; de uma certa forma, eu queria ter ficado por aqui. Talvez eu, apesar de tudo, ainda esteja por aqui, neste seu apartamento horroroso. Deixa de besteira e me dá um beijo de boa-viagem. Se eu tivesse mais tempo, se tivesse bebido, se fosse mais cara-de-pau, eu confesso que tentaria te estuprar, agora, nessa cama velha. Mas não dá. Tenho pressa e não quero correr o risco de, depois, querer ficar por aqui. E não penei tanto, ralei tanto, pra acabar sendo presa, justamente aqui, neste apartamento. É Nelson, o outro Nelson, o Rodrigues, demais. Mas um beijo, meu último desejo — tá vendo como eu também sei uns sambas antigos? —, você não pode negar.

II

O nascer do dia chegou atrelado ao rabecão e à equipe da TV. O cadáver foi recolhido por bombeiros sonolentos, no fim ou no início de um plantão. Levantaram o saco com o corpo, o colocaram sobre uma padiola de metal e o arranjaram dentro da caminhonete pintada de um amarelo que se alaranjava pela ação dos raios de sol que vinham de Copacabana. A operação interrompeu por alguns instantes a corrida e a caminhada dos primeiros atletas da manhã. Uma pequena roda se formou em volta dos bombeiros, falava-se sobre a violência, nem o Arpoador escapa, IPTU altíssimo, isso deve ser briga de favelados, desses suburbanos que vêm nos ônibus que param ali no Posto 6, aonde é que nós vamos parar. O serviço foi feito antes que a praia do Diabo ficasse apinhada de cães, havia algum tempo que seus donos tinham transformado aquelas poucas dezenas de metros de areia em um balneário canino.

— Ainda bem que o rabecão chegou, Ricardo. O marido não ia conseguir ficar espantando tudo que é cachorro que tentasse tirar um ossinho da defunta... — meio constrangido pelo próprio comentário e pela cara fechada do repórter,

Pimenta arriscou um sorriso, levantou as sobrancelhas e fingiu medir a luz que, aos poucos, clareava o Arpoador.

O viúvo acompanhou de longe os trabalhos, não esperou que os bombeiros saíssem. Acendeu um cigarro e caminhou em direção a Ipanema, sumiu por entre as árvores, no meio da névoa que chegava até o nível da rua. Não viu quando quatro meninos descalços, sujos, sem camisa, chegaram perto do rabecão, que ainda estava com a porta traseira aberta. Caraca, picotaram a velha, cortaram a porra da velha toda. Puta que pariu. Maneiro, que nem lá na boca... Lingüiça, não foi tua mãe que morreu assim, toda cortada, toda picotada? Fala aí, Lingüiça, vai me estranhar, porra? Vai se foder! Não foi ela que o dono da boca quebrou porque não queria mais dar pra ele? Conta aí, porra! Não foi ela que foi parar dentro daquela porra que guarda lixo, toda desmantelada, que virou comida de urubu? Não foi ela, Lingüiça? Corre não, Lingüiça, tá correndo por quê? Não quer ver a amiga da tua mãe, ver como é que tua mãe ficou, Lingüiça?

A zona sul, pelo menos aquele pedaço da orla, parecia acordar em paz, como se abafada pelo abraço da neblina. As luzes dos postes do Arpoador, da Vieira Souto e da Delfim Moreira permaneciam acesas, tentavam ainda furar o bloqueio da cortina que insistia em conferir um improvável ar londrino ao Rio de Janeiro. Uma cidade assim emoldurada pela névoa, como uma foto antiga, daquelas que ficavam no meio de uma máscara oval esbranquiçada, de contornos maldefinidos. No centro da imagem desta manhã estava a faixa litorânea, a linha curva que saía do Arpoador e ia morrer no início da Avenida Niemeyer. Na composição entravam também as pistas, os carros, postes, corredores e ciclistas no calçadão; os prédios, um pouco de mar. O Vidigal estava oculto, ficara sob a moldura. A favela não cabia ali, naquela foto. Não combinava com aquele início de manhã.

A caminhonete dos bombeiros enfrentou algum trânsito para sair da Francisco Bhering, as garagens dos prédios começavam a despejar audis, mercedes e vectras na rua estreita, uma quase servidão litorânea. Nas proximidades da grande pedra que avança pelo mar, os funcionários da TV ajustavam a posição do transmissor da geradora. A repórter relia um texto, falava com a redação, repassava informações: a névoa que viera do oceano, o fechamento e abertura dos aeroportos, o sol que, dali a umas poucas horas, deveria enfim vencer a batalha contra o *fog* e garantir um bom dia de praia, do jeito que os cariocas tanto gostam — repetia, treinando o sorriso.

— Acabou, né? — Pimenta perguntou.

— Claro. Chega, vamos embora. Tô acabado.

Ricardo parou ao lado do carro, apoiou suas mãos sobre o capô, olhou para o leste, apertou os olhos para protegê-los do sol.

— Se manda, Pimenta. Eu vou voltar a pé. Daqui até a minha casa não é muito longe, é bom dar uma caminhada, suar um pouco, transpirar esta madrugada. Mais tarde eu dou uma passada no jornal, escrevo a matéria lá. Se não tiver saco, mando de casa, dane-se. Já estourei tudo quanto é hora extra. Isso, claro, se o jornal pagasse hora extra...

— Você não quer mesmo uma carona?

— Precisa não, quero andar um pouco. O cansaço do exercício vai me ajudar a dormir, a pegar no sono. Vai ser foda esquecer aquele presunto esquartejado na calçada, o cachorro querendo pegar um pouco de carne fresca, um pedaço de osso. O marido desesperado, gritando, chorando. Você sabe, não sou de fugir de matéria, mas, sei lá, acho que tô ficando meio velho pra isso. Acho que cheguei no meu limite, Pimentinha. Tô com a sensação de que nunca vou esquecer aquele cachorro cheirando os pedaços da velha, o viúvo tentando acertar um pontapé no bicho. Tô me sentindo mal por não ter chorado, por não ter ido até o viúvo, me oferecido pra comprar uma bebida, um cigarro. Eu podia ter sentado do lado dele, dado um abraço, perguntado se ele queria alguma coisa. É esquisito ter ficado parado, não ter feito nada, fingir que não estava ali. Essa madrugada foi meio complicada demais, tô começando a achar que não vou agüentar isso por muito mais tempo. É muita porrada, Pimentinha, muita. Pior é não saber o que que vai rolar amanhã, qual vai ser a tragédia, o tamanho da merda. Dois corpos esquartejados? Três, quatro? A vontade é de jogar este bloquinho no mar, jogar a caneta... Talvez até me jogar também, sair nadando, fugir disso aqui. Pra que tanto mar? Bem, deixa pra lá, você também tá cansado, doido pra ir pra casa. Vai lá, se manda, a gente se vê amanhã.

Ricardo deu um tapinha nas costas do fotógrafo, fez um leve carinho na cabeça do Barros, o motorista que com eles passara a noite.

— Fica tranqüilo, meu chapa. Amanhã vai ser pior. Você sabe disso.

Pela areia ou pelo calçadão? Agora, a dúvida de Ricardo estava relacionada ao caminho que deveria escolher. Molhar os pés na água ou encarar o vaivém de pedestres e ciclistas, passar ao lado dos carros que se dirigiam ao centro da cidade.

Pelo calçadão, quero ver gente viva.

No sinal em frente à Joaquim Nabuco, parou diante de meninos que vendiam jornais. Rute era manchete de todos eles. O *Diário* estampava uma foto de Pimenta, feita sem *flash*, da areia, máquina apoiada no beiral do calçadão. Em primeiro plano, do lado esquerdo da foto, um par de pernas desfocado insinuava um movimento. Canelas descobertas, tênis, pé direito levantado: certamente era um daqueles homens que caminharam à noite pelo Arpoador, que não chegaram a parar para ver o que se passava. Ao fundo, o saco plástico, um pequeno monte preto chapado contra as pedras, iluminado por fiapos de luzes brancas e amarelas, que ressaltavam, do lado direito, a imagem do viúvo. Seu joelho direito estava encostado no chão, perna esquerda dobrada, servindo de apoio ao cotovelo. A mão direita parecia friccionar a coxa. Ele olhava para baixo, um ponto meio indefinido, um pouco acima do cadáver. O rosto, captado de perfil, não parecia revelar qualquer emoção. Se fosse fazer uma legenda para aquela imagem, Ricardo não deixaria de usar a palavra "perplexo" para tentar definir a expressão daquele homem. Puta foto.

— Vai levar qual, tio?

— Nenhum, nenhum.

Dali até o Leblon seriam cerca de dois quilômetros, menos do que costumava percorrer em suas caminhadas quase diárias. Estaria em terreno estrangeiro, Ipanema. Um território vizinho, uma república amiga. Amiga, mas estrangeira. Não estava em casa, as aves que aqui gorjeiam não gorjeiam como lá. O exílio, ah, o exílio. Vou voltar, sei que ainda vou voltar. Em São Paulo, recitava Gonçalves Dias — "Não permita Deus que eu morra sem que eu volte para lá" — e cantava a música de Chico e Tom. Voltar, voltar para o meu lugar. Em 68, aos 12 anos, assistira à revolta de amigos jornalistas de seu pai com o resultado do festival da canção. *Sabiá* era uma música burguesa, feita por burgueses. Não poderia ganhar de *Pra não dizer que não falei das flores*, *Caminhando*, um hino revolucionário. Alguns daqueles amigos desapareceriam meses depois, um ou outro jamais voltaria. MM dissera que não seria bom perguntar por eles no jornal. "Digamos, meu filho, que eles viajaram. Foram para longe, um país distante. Um país assim meio sonhado, meio abstrato. Qualquer dia eles voltam. Mas, por enquanto, evite falar neles. É melhor assim. Mais tarde você vai entender." A morte de seu pai deixou a pergunta no ar durante algum tempo. A dúvida contribuiu para que Ricardo, de alguma forma, associasse a vitória de *Sabiá* ao desaparecimento dos tais amigos. Passou a implicar com a canção. Anos depois, no exílio paulistano reconheceu que o júri não errara de todo. Um empate entre *Sabiá* e *Caminhando* talvez fosse mais justo. Aqui, a revolução pontual, do vem vamos embora, do quem sabe faz a hora, do agora ou nunca. O tudo-ou-nada de Vandré, o querer só por inteiro, a paixão de se oferecer em holocausto, de sacrificar a vida, a sanidade. Bem Geraldo Vandré; de uma certa forma, bem Nelson Cavaquinho. Flores em vida, pra não dizer que não falei das flores. Nem toda vida merece flores; seu pai e aqueles seus amigos mereciam aquelas flores, as de Nelson, de Vandré. Ali, como contraponto ao *Caminhando*, estava a música de Tom e Chico, a narrativa de uma rebelião frustrada, de um exílio, de todos os exílios, da dúvida sobre a volta. Uma história que poderia ser a do seu próprio exílio. O exílio que julgou encerrado com a fuga de São Paulo e que, agora, ali, depois do almoço com os filhos, do encontro com Adélia, da madrugada insone ao lado do cadáver, das dúvidas sobre seu futuro, percebia que não, que permanecia, era ainda presente. Continuava exilado. Dos filhos, de outros amores, e, mesmo, do trabalho e do próprio país, do país que, pelo jeito, nunca se encaixaria nos seus sonhos: viraria, no máximo, um grande Mercadão de Madureira. Agora era a vez de Adélia—quem diria?—partir para um exílio. A essa hora ela deveria estar fora do Brasil, num Paraguai qualquer. Numa Bolívia, em algum desses lugares em que ela havia jurado nunca colocar os pés: "De país pobre só quero os bancos, de preferência, virtuais. Dinheiro por cabo, nada desse negócio de entrar escondida em agência de banco de Montevidéu.

Isso, só faço na Suíça. Vai que alguém fotografa, seria uma desmoralização em dose dupla." Um exílio menos nobre, motivado não por um ideal, mas um exílio. Partira sem desejar, se vira obrigada a fugir. Quando é que Adélia iria voltar? Será que ela gostaria de voltar? Será que poderia voltar? O exílio da ex-mulher ajudaria, talvez, a acabar com o seu próprio exílio, com seu autobanimento. A volta para o Rio pusera fim a um desterro, mas marcara o começo de outro. Um exílio interno. Um projeto esquivo, não-declarado, enevoado como o calçadão neste amanhecer. Em nenhum momento deixara claros seus projetos, talvez não fossem evidentes nem mesmo para ele. Como poderia assumir que planejava afastar-se de seus filhos, de suas vidas? Como admitir que sua vida seria mais fácil longe daqueles simulacros de príncipes, embaixadores imaginários dos projetos ensandecidos da mãe? Livrar-se da Adélia estava na ordem do dia; dos filhos, não—pelo menos, não de forma consciente. Este fora o lado mais cruel de seu banimento. Ao se separar achava que cortava laços apenas com Adélia. Agora sabia que mentira, que urdira um divórcio mais abrangente, que incluía seus filhos, que abarcava também futuros amores e planos mais ousados para o trabalho. Carlos tinha razão ao não querer discutir o seu óbvio desleixo como pai. Poderia ter-se separado da mulher e, de alguma forma, boas relações com os filhos. Mas isso teria dado mais trabalho, aporrinhação. Teria que cultivá-los, tentar compreendê-los, brigar com eles, me aborrecer, dizer não, não pode. Teria que suportar arquibancada cheia, madrugadas insones

— será que ele/ela já chegou em casa? Teria que ter saído de madrugada para recolher filhos em festas, aturar outros adolescentes no carro. Que ficassem com a mãe, porra. Ela não quer tanto ficar com eles? Eles não querem tanto ficar com ela? Foi mais fácil culpar Adélia, seu dinheiro, suas sacanagens, seu deslumbramento, sua babaquice. Mais simples rezar a Madipra, assinar documentos em cartório, prometer que nunca mais se casaria. Planos para se enganar, enganos de se encontrar, estradas de se perder. Eu é que merecia as vaias que o Maracanãzinho deu para Tom e Chico; eles acertaram, eu errei.

Seu exílio, um dos banimentos pelo menos, parecia prestes a ser extinto como que por decreto, uma decisão unilateral de Adélia. Vou voltar, tenho que voltar, fui obrigado a voltar. O Leblon, sua ilha, se aproximava. Teria que, a exemplo do que fora feito no século anterior, construir as pontes que romperiam seu isolamento; uma anistia imposta, compulsória. Sentia-se como aqueles presos que, depois de tanto tempo na cadeia, resistem à volta para a rua. A bruma o obrigava a olhar para perto, prestar atenção no caminho, nos seus pés. Não tem jeito, vou voltar. Volto, logo hoje, depois desta noite, desta madrugada. Volto depois de passar a noite velando um cadáver despedaçado, volto depois de sentir a dor daquele viúvo, volto depois de ficar puto por ter acumulado mais horas-milhas de calçada, certo que muitas ainda virão. Uma calçada deveria constar do brasão virtual de qualquer jornalista. Da calçada viemos e para a calçada voltaremos, da calçada nunca nos livraremos. Mesmo que seja assim, uma calçada do Arpoador, de pedras portuguesas, um lugar nobre. Mas uma calçada que abriga um corpo, uma mulher retalhada, arrebentada. Merda. Merda de calçada, merda de país que não melhora. O que a Deyse diria disso tudo? O que diria das calçadas que abrigam aqueles meninos ali, dormindo, jogados uns em cima dos outros, enrolados naqueles cobertores sujos, emporcalhados. Devem ter dormido zonzos de tanta cola de sapateiro. Daqui a pouco acordam, vão botar terror, correr atrás de gringo, arrancar bolsa, celular, ameaçar furar um. Vão gritar tá batendo, tá batendo quando o PM segurar um deles pelo braço. Vão ouvir tem que bater mesmo, alguém tem que fazer alguma coisa. Merda de mim que também não me aprumo, que não tomo jeito. Merda, merda. Pior é que não dá para chamar o autor, para xingá-lo. O autor sou eu. Escrevi minha história, engendrei o enredo, delineei personagens, estruturei a trama e apontei para o final infeliz. A culpa é toda minha.

Na altura da Garcia D'Ávila, parou para tomar água-de-coco. Só então notou que o celular vibrava no bolso direito da calça, esquecera de religar o toque. Havia duas ligações de Carlos. A essa hora? Não são nem sete da manhã...

— Carlos? O que que houve? Tô... tudo bem? Eu queria falar com você, desculpe por ontem... Bem, acabei de passar a madrugada em claro, vim cobrir uma história terrível aqui no Arpoador, uma mulher esquartejada... Mas o que houve? Alguma coisa com a sua mãe?

Não, não era nada com Adélia. Mesmo que fosse, Carlos não diria por telefone, nada poderia ser falado por telefone, Dra. Adélia alertara. O problema era com Caroline.

— Tive que trazer a Carol para o hospital, ela não estava bem, passou mal a noite inteira. Vomitou muito, a pressão caiu, chegou a desmaiar em casa...

— E como é que ela está? Tá tudo bem?

— Os médicos dizem que sim, que agora tá tudo sob controle. Mas, de qualquer forma, eles querem que ela fique hoje por aqui. Acham mais seguro.

— Mas o que que houve? Ela bebeu demais, usou, desculpe, mas usou alguma droga, foi a alguma festa?

— Não, pai, ela não fez nada disso. A Carol tá grávida...

— Como assim, grávida?

Grávida. Por isso que ela ficou vomitando tanto ontem, pai. Ela me disse que foi imprudente, que andou transando sem camisinha... Sabe sim. O pai é o Hamilton, aquele cara de São Paulo que ia com ela pra Índia. Não, a mamãe não sabe de nada, ainda não deu para avisar, você sabe por quê. A Carol não estava muito bem à tarde, você viu, lá no restaurante. Depois que chegou em casa ela voltou a passar mal, tomou um remédio e dormiu. Lá por volta das oito ela acordou e voltou a vomitar, vomitou muito. Foi quando ela desmaiou, perdeu os sentidos. Eu fiquei apavorado, chamei um táxi e vim com ela pro hospital, aqui em Copacabana. Os médicos fizeram alguns exames e descobriram que ela tá grávida. Com dois meses de gravidez. Agora ela tá mais calma, ficou muito assustada quando ficou sabendo da gravidez. Ficou feliz, ficou triste. Riu, chorou, aquelas coisas de mulher. Bem, ela ainda tá muito assustada. Os médicos acharam melhor colocá-la para dormir, até para não prejudicar o bebê. Eu também passei a noite em claro, só agora tô podendo te ligar. Ela não queria que eu contasse pra você, me encheu o saco. Eu também acho que você não merecia saber, não precisava saber, pelo menos agora. Até porque não vai fazer muita diferença na sua vida... Mas a mamãe me fez prometer que eu ia cuidar da Carol e que não deixaria de contar pra você o que fosse importante. Eu fui voto contra, achei desnecessário. Mas não poderia contrariá-la, ainda mais agora, que ela precisou tirar férias... Prometi e agora estou cumprindo. É isso, vou desligar, preciso tentar dormir. Sua filha está grávida e você, queira ou não queira, vai ser avô.

"Não merecia saber, não vai fazer muita diferença na sua vida, fui voto contra" — agora era a vez de Ricardo provar da munição acumulada por seu filho e disparada assim, às sete da manhã, por telefone, em um tom de voz tranqüilo, controlado. Talvez fosse melhor ouvir as frases em meio a uma briga. Palavras que seriam gritadas, arremessadas como pedras, com objetivos letais explícitos. Não, Carlos sabia ser ainda mais cruel. A exemplo do que fizera na véspera, no almoço, não xingava o pai, apenas ressaltava o que Ricardo já sabia.

Como ocorrera quando na morte de seu pai, a notícia da gravidez e os comentários de Carlos tiveram para Ricardo o mesmo efeito de congelar o mundo, aquele instante.

Da primeira vez, a ausência de movimento havia sido causada por uma morte. Agora, por um futuro parto. Na redação, o impacto fora imediato, como a velha brincadeira de gritar mandrake para paralisar os gestos de um amigo. Nesta manhã fora diferente, gradativo. Como se cada palavra dita por Carlos retirasse um ponto de velocidade dos carros, das motos, dos ciclistas, dos corredores, dos vendedores de jornais. Um vídeo cuja velocidade foi sendo reduzida até o instante em que todos pararam, apenas suas vozes, buzinas e freadas ainda ecoavam, embaralhadas, como se sugadas por uma caixa de som de efeito contrário, que recolhesse em vez de emitir os sons. Agora, sim, todo o movimento fora eliminado, todos os sons guardados. Trânsito na Vieira Souto, movimento no calçadão, bicicletas, ondas no mar. Tudo estava quieto, silencioso. Ricardo não ouvia nada. Parecia se ver do alto, como se de uma câmera colocada em uma grua, em um daqueles postes de iluminação. Pelo visor, acompanhava um movimento brusco, um *zoom* que ignorava a bruma e se aproximava de sua cabeça, de seu rosto pasmo, paralisado, que mirava o alto, buscava a câmera. Só se via, só se percebia. Estava enquadrado, em foco. Não haveria como fugir, pelo menos, não agora, desta vez. Adélia continuava a escrever torto por linhas erradas. Como assim, abandonar o país e deixá-lo com os filhos, com a filha grávida? Como assim, ser avô? Como ser avô antes mesmo de viver plenamente a paternidade? Avô do filho de um paulista, ainda por cima. Uma música, Nelson, uma música! Horas antes, Ricardo citara e rememorara Nelson Cavaquinho; durante parte da madrugada implorara por mais uma história como as do Carniça. Nesta manhã precisava de Nelson, de uma música que quebrasse o silêncio, que restaurasse o sentido, que pusesse todos em movimento, em um outro movimento, ditado pelos acordes, pelo ritmo. Mas, da mesma forma que as histórias lhe tinham fugido, agora era a vez de o velho amigo abandoná-lo. Puxava pela memória e nada, nada. Nada lhe vinha, o iluminava. Algumas letras até lhe chegavam, mas pareciam sem sentido, não se encaixavam, não brilhavam, não apontavam saídas. Desta vez teria que se virar sem ele, sem o Nelson. Ficara sozinho, sem apoio, sem referência, sem uma solução cantada e previamente aprovada. Isso não se faz, Nelson. Não diante desta câmera que capta meu desespero em *close*, que me emoldura, me impõe limites. O que que eu faço agora?

Carlos não lhe pedira nada, sequer que fosse visitar a irmã. Talvez até tenha achado que seria melhor que eu não fosse. É possível que, para ele, minha visita vá piorar o estado da Caroline, ameaçar sua gravidez, colocá-la em risco. Deve imaginar que iríamos brigar, discutir, que eu ia acusá-la de ser uma irresponsável por trepar sem camisinha, que era um milagre nunca ter engravidado antes, se ela tinha certeza mesmo de quem era o pai, se o menino não corria o risco de, em seus traços, reproduzir a variedade étnica dos que a haviam namorado: um bebê multicolorido, multirracial. Carlos ficou com medo da minha crueldade. Desta vez, não posso culpá-lo.

O que fazer? A sua volta, a cidade parecia já ter decidido. Ricardo foi despertado do quase-transe pelo tranco de um corredor, porra sai da frente, quer morrer, maluco? O coco caiu de suas mãos, a água escorreu pelas pedras do calçadão, abriu caminho entre as juntas das pedras pretas e brancas. Ricardo olhou para baixo, tentou seguir aqueles filetes que iam sendo traçados no calçamento — aqui o líquido seguia em frente, ali se bifurcava —, mas não teve tempo para, a partir daquela visão, traçar considerações, eventuais e óbvias metáforas sobre o seu próprio destino. Ainda de cabeça baixa, recebeu um novo encontrão. Ipanema despertara de forma súbita. Todos aqueles que havia pouco estavam paralisados corriam, para cá, para lá, de todos os lados, abriam caminho entre quiosques, barracas, carros, ônibus, caminhões, bicicletas, outros pedestres. Babás tropeçavam empurrando carrinhos de bebês, outras pegavam as crianças no colo e abandonavam tudo o que não fosse essencial. Tênis e chinelos iam ficando pelos canteiros. Algumas pessoas pareciam caídas, feridas, talvez. Mesmo quem estava na areia se apressava em direção às ruas internas, perpendiculares à praia. Motoristas buzinavam ao mesmo tempo, carros da polícia tentavam seguir na direção do Leblon, interrompiam o sistema de mão única em direção ao Centro adotado em todas as faixas pelas manhãs. A geradora da TV forçava passagem. Buzinas, sirenes, gritaria, as imaginárias caixas de som pareciam devolver de forma ampliada os ruídos que haviam sugado. Outros sons se impunham, secos, ameaçadores. Tiros, sim, eram tiros o que ele ouvia.

Certamente era por isso que todos corriam. Havia tiros, rajadas. Alguns se escondiam atrás dos postos de salvamento, era possível ver que balas penetravam na água do mar, abriam cunhas, espalhavam respingos em seqüência. Janelas de prédios da orla eram atingidas, estilhaçadas, Ricardo ouvia o barulho dos vidros se espatifando no chão. Zeladores corriam, trancavam os portões para evitar que edifícios fossem invadidos ao mesmo tempo em que tentavam se proteger dos estilhaços que caíam. Só ele parecia estar parado, apenas Ricardo demonstrava impassividade, o que está acontecendo? A bruma dificultava a visão, de onde estão vindo os tiros? Do Leblon, talvez. Ricardo atravessou as pistas e correu para a Garcia D'Ávila, onde centenas de pessoas buscavam abrigo, até os motoristas que abandonavam seus carros na Vieira Souto. O bloco e a caneta haviam caído no chão, os perdera em algum lugar entre o calçadão e o refúgio. Enfrentaria o caos sem suas armas. Mesmo assim perguntava, o que que está acontecendo? De onde vêm esses tiros? As respostas eram apressadas, incompletas, misturavam dúvidas — "Sei lá, porra!" — e certezas — "O exército invadiu o Vidigal e a Rocinha!", "É o CV que tomou a boca dos Terceiros!", "Os traficantes tão descendo o morro", "É a milícia!". Ricardo encostou-se em uma árvore e ligou para o jornal: talvez lá, a quinze quilômetros de distância, eles soubessem de algo mais preciso.

Da redação Macedo atropelava-se também com as palavras, tropeçava nas falas, embolava as frases, as sílabas. Falava como se estivesse ali, ao seu lado, correndo de e para todos os lados, procurava ir na direção da informação correta, tentando se esquivar de pistas falsas, de boatos, de diz-que-diz-que, balas que se perdiam e explodiam nas paredes da redação, nos *blogs*, nos *sites*. Nada parecia fazer muito sentido, uma sentença desmentia a anterior, os fatos arrolados se contradiziam. Todas as hipóteses eram viáveis, o complicado era conseguir estabelecer uma linha, uma lógica. De concreto, apenas os tiros, o pânico, os mortos e os feridos.

— É no Vidigal. Deu merda, tá dando merda! Lembra que eu te perguntei se você poderia ir pra lá? Não, a gente ainda não sabe bem o que aconteceu. Parece que houve uma invasão, uma tentativa de invasão, aquelas coisas de sai comando e entra comando.

Macedo falava também em milícia, em policiais que se aliaram a bandidos da Rocinha para invadir o Vidigal. Dizia que ligaram para a redação, contaram que os invasores seriam ligados à máfia das vans, que eles tinham brigado com o tráfico do Vidigal e acabaram se associando ao pessoal do Alemão pra tomar as bocas dos caras. Do Alemão, veja só, do outro lado da cidade. Além de vans, os sujeitos teriam também interesses na venda de gás e na distribuição de sinal de TV a cabo. E que esses caras, os caras das vans, seriam ligados a um vereador ou a um deputado cuja área teria sido invadida por bandidos de outra facção. O vereador ou deputado seria policial, deve ser o Nestor ou o Amado. Pode ser também o Armadinho, lembra, que foi delegado em

Realengo? De acordo com Macedo, o caso envolveria também o comandante de um batalhão da PM que seria sócio de um esquema de tráfico de armas e que tinha sido dedurado por um cara que era subordinado ao dono das bocas do Vidigal. E essa boca teria a proteção de policiais civis que integrariam um esquema com uma quadrilha que explora aquelas máquinas de videopôquer. Parece que os caras estariam tentando expandir as máquinas na zona sul, mas a área já seria ocupada por outro bando, que tem a proteção de um ex-agente federal, que está armado com um outro deputado, aquele sujeito, qual é mesmo o nome dele?, que foi investigado na CPI do contrabando? Aquele, que foi eleito com o apoio da chefia de polícia, que já foi denunciado pelo Ministério Público, acusado de ter ligação com a exportação de puta pra Espanha. Qual é mesmo o nome dele, Ricardo? Não lembra? Vou ver aqui. Ricardo, você sentiu, a gente não sabe de nada com certeza. Pode ser isso tudo, pode ser uma parte, pode ser que não seja nada disso. Até o fim do dia a gente vai ter que descobrir, ou optar... Mas sei é que o negócio começou esquisito, na madrugada, um tirinho aqui, outro ali, e a merda foi crescendo. O trânsito na Niemeyer foi interrompido, a Barra tá toda engarrafada, por via das dúvidas a polícia fechou também a Linha Amarela, parece que o pessoal da Nova Holanda quer aproveitar a confusão no Leblon pra invadir a Vila do Pinheiro.

— Olha, Ricardo, tá foda. Eu sei é que é grave, grave pra caralho. Nunca vi uma merda tão grande. Sei que eles dispararam rajadas em várias direções. Acertaram mulher, criança, trabalhador. Quem tava na reta dançou. Mandei o Sérgio e o Fontoura pra lá, mas tá difícil apurar. Eles foram no blindado, levaram colete, o que deu. Mas não tá fácil trabalhar, eles estão meio assustados, tão com medo mesmo, eu também estaria. Tá cheio de morto, uma porrada de feridos. Os traficantes lá do Vidigal estão desesperados, parece que é por isso que começaram também a atirar pra todo lado... Primeiro eles atiraram na Niemeyer, acertaram aquele hotel, atingiram uns gringos que tavam na piscina. Agora, pelo jeito, resolveram atirar aí pra Ipanema e pro Leblon. Fodeu, Ricardo, fodeu. O governador ainda não falou nada, o Secretário de Segurança convocou uma entrevista pro fim da tarde. Quer saber? Ninguém sabe de porra nenhuma! O Eduardo acabou de me ligar. A Clarinha foi pro Miguel Couto, tem muita gente ferida. Eu nem posso falar mais, também tô virado, já era pra ter ido pra casa, mas tô acordando todo mundo, botando gente pra trabalhar. Se você quiser, rapaz, serviço não falta. Desculpa, mas eu tenho que desligar. Ah, Ricardo, ia esquecendo: sabe o Benevides? Pois é, morreu. Uma sobrinha dele ligou pra cá. Uma que se formou em jornalismo e que, coitada, trabalha em *telemarketing*. Ela chorava muito, o Benevides morava sozinho, parece que ficou deprimido depois que saiu do jornal, mal saía de casa. Os vizinhos é que encontraram o corpo, estranharam o mau cheiro, chamaram os bombeiros e deram com ele morto, com a TV ligada. O enterro vai ser hoje à tarde, lá no cemitério de Irajá, logo naquele que ele nunca ia, lugar de defunto pobre, que não rendia nota pro funéreo...

Nem sei se a gente vai poder ir, com essa confusão toda. Desculpa, eu tenho que correr. Se você quiser vir trabalhar, é só avisar. Abração.

O Benevides, coitado. Ainda mais essa. Puta que pariu. Trabalhar? Não, não ia dar, não vai dar. Ricardo não queria, não podia, não seria voluntário. Era duro dizer isso, mas, desculpe, Macedo, dessa vez não vai dar mesmo. Hoje, não. Amanhã, talvez, mas hoje não dá. Pela primeira vez em tantos e tantos anos de profissão, Ricardo refugava. Justamente agora, hoje, quando a grande matéria se desenhava na sua frente. Não precisara correr em direção do fato, ele é que viera ao seu encontro, quase o atingira. Macedo já desligara o telefone, mas Ricardo continuava a apresentar justificativas para sua decisão. Hoje não vai dar. Talvez eu me arrependa disso, talvez nunca me perdoe por isso. É possível até que eu venha a me envergonhar por dizer isso. Mas hoje, agora, não vai dar. Parece engraçado falar isso no meio desse caos, você não iria acreditar, até eu mesmo tenho dificuldade de acreditar. Mas é que eu tenho agora uma outra revolta para cobrir. Desculpe, Macedo, mas, desta vez, que se dane o Rio, que se danem os ricos, os pobres, os brancos, os pretos. Que se fodam os traficantes, os policiais-bandidos, os policiais honestos, os deputados, os vereadores, as lideranças comunitárias, os turistas. Que se dane o jornal, que se danem as notícias, o fim do mundo, o apocalipse carioca. Se depender de mim, essas notícias todas, essas de agora, as maiores notícias, as grandes notícias, todas elas: elas aconteceriam e não seriam publicadas. Tanto faz que sejam ou não sejam publicadas. Pelo menos agora, pelo menos hoje, nas próximas horas. Me desculpem, fatos, sei que vocês estão se esforçando; perdão, meu pai, acho que você não vai me perdoar, mas, perdão, perdão. Perdão por lhe decepcionar agora, na hora que tanta notícia se apresenta, se expõe, implora para sair no jornal. Hoje elas vão ter que se virar sem mim. Até você, Benevides, deve tá decepcionado, o quanto você não daria pra poder fazer uma última matéria, uma saideira. Perdão, perdão. Hoje a minha pauta é outra, tenho uma prioridade. Preciso cuidar dos meus filhos, das minhas crianças. Tenho que cuidar do meu neto. A Caroline está grávida, pai. Eu vou ser avô, tenho que, pelo menos, tentar ser avô. E esta é minha última chance, pai. Acho que o mundo, esse aqui de fora, não vai acabar hoje, o buraco sempre é mais fundo, nunca tem fim. Amanhã cedo eu estarei a postos, pronto pra suíte, pra próxima matéria, pra outro corpo esquartejado, pra outra cagada federal, como essa, que acontece agora. Mas, agora, pai, agora tenho que ir visitar minha filha, tenho que cuidar das minhas crianças.

Crianças... Há quanto tempo não usava essa palavra para pensar nos filhos, eles, que havia muito deixaram de ser crianças. O mundo caía, o Rio parecia desabar, a grande matéria se impunha ali a algumas centenas de metros, a profecia irônica da véspera sobre uma versão carioca da noite de São Bartolomeu parecia se desenhar ali perto. Uma São Bartolomeu tropicalizada, como aqueles primeiros carros importados, que tinham que sofrer modificações para agüentar o tranco das estradas brasileiras. Aqui nada seria assim tão certinho, cartesiano, católicos *versus* protestantes, agressores e agredidos, repressores e reprimidos. Quem seriam os bandidos, quem seriam os mocinhos no fim desse filme? Na sua frente explodiam ensaios de um embate final, um caos inédito, quase absoluto, o sangue que brotava do morro, dos becos, das vielas e que respingava ali do seu lado, na Vieira Souto. Quem diria. Enquanto caminhava na direção da Lagoa, Ricardo se fixava nos filhos, no neto, na sua vida, na sua própria catástrofe, no seu massacre. Tinha a sua tragédia, seus mortos, seus huguenotes, seus rios cheios de cadáveres; sua noite marcada pelo corpo esquartejado, pelo viúvo. A noite das histórias de Carniça, dos sambas de Nelson Cavaquinho, da percepção da fatalidade da calçada. Uma noite que doía no remoer da conversa com Adélia, que ardia na lembrança do almoço com Caroline e Carlos. Uma noite que se encerrava e que se derramava, como se os pedaços da mulher se espalhassem e contaminassem toda a cidade. Como se a névoa tivesse virado uma fumaça cinza, densa, malcheirosa. Nuvem que vinha dos motores dos carros da polícia, dos blindados, dos táxis em fuga. Fumaça de pólvora, dos tiros. Tiros, tiros, tiros. Tiros que atingiam a cidade, letais como os que ele começara a levar na tarde do dia anterior.

Em menos de vinte e quatro horas fora alvejado pelos filhos, pela ex-mulher, pelo plantão na madrugada, pelo cadáver que jazia despedaçado no Arpoador, por aquele velório pagão. As histórias de Zé Carniça não lhe foram suficientes, desta vez, os sambas de Nelson Cavaquinho não consolaram todas as suas dores, não anestesiaram suas angústias. Aquela paz precária, tensa, medrosa fora rompida. O Rio estava indo pelos ares, fuzis e metralhadoras eram descarregados na direção das praias, o pacto que permitia uma precária convivência estava sendo quebrado, ignorado. Rasgaram-se acordos que admitiam alguma tolerância entre brancos e pretos, abastados e fodidos, traficantes e fornecedores, entre ele e seus filhos — os territórios se misturavam, tinham sido invadidos, ocupados. Não havia mais limites, o roubo aqui e fujo pra ali, o assalte mas não mate: desse jeito nem os almoços com Carlos e Caroline seriam mais possíveis. Perdi, perdemos. Adélia fugira, Caroline estava grávida, internada, Carlos teria que ver o mundo por olhos não filtrados pelo Código de Processo Penal: a mãe advogada é que atropelara leis; pelo relato de Macedo, haviam sido arrebentados os últimos limites entre policiais e bandidos, entre ordem e desordem. A praia cheia de certezas daquele futuro advogado não escapara incólume, ele teria que reavaliar suas leis, seus processos, suas decisões. Ao som dos tiros, dos gritos dos que fugiam, Ricardo descobria que sua própria vida, assim como a da cidade, também não resistira a tantos ataques, frustrações e tensões. O dique se rompera, estava agora inundado. Exagerara no direito de errar, de provocar, de achar que, no fim, daria um jeito. Não dava mais para pegar o primeiro avião para o Rio, culpar Adélia, responsabilizar São Paulo. O fim chegara e ele perdera. Um último degrau da vida — Nelson Cavaquinho voltava, voz mais grave do que nunca, olhos e versos que atestavam um inevitável e previsível fim. Era preciso, ao menos, tentar escapar do que rogavam aqueles versos. Chegara às margens da Lagoa, viraria para a direita, pegaria o Corte, caminharia até o hospital. Iria ao quarto de Caroline, pediria a Carlos, por favor, meu filho, para falar com ela. Você pode vir junto, claro. Uma missão de paz, bandeira branca, meus amores. Talvez eu lhes peça perdão. É possível. Vai depender de mim que Caroline, Carol, fale de seu filho. Depois de alguma resistência admitirá me apresentar ao namorado paulistano. Prometerei que ficarei tranqüilo, que serei justo, tolerante. Perguntarei sobre a Índia, sobre filosofia oriental, não dá assim pra desprezar toda uma cultura, uma história. Falarei, com muito cuidado, sobre a importância de parar de fumar na gestação. Carlos, tomara, poderá dizer algo da faculdade, do escritório que pretende montar, das preocupações com o futuro de sua mãe. Pedirá, desconfiado, conselhos sobre como enfrentar eventuais repórteres à cata de informações sobre o sumiço de Adélia. Pode ser que ele esteja apaixonado, que queira comentar um livro, um filme, um CD. Prometo lhes contar histórias; engraçadas como as do Carniça, tristes como as do meu pai — nada muito cruel, que possa abalar ainda mais a gravidez da minha filha, o meu neto. Conversaremos, conversaremos muito, falaremos de tudo o que não falamos nos últimos anos. É possível que, sonados, esgotados, acabemos dormindo. E não custa imaginar que, juntos assim, sonharemos com o dissipar da névoa, da fumaça, com os dias melhores que ainda virão.

Este livro foi composto na tipologia
Filosofia Regular, em corpo 12/16,5, e impresso
em papel off-white 90g/m² no Sistema Cameron
da Divisão Gráfica da Distribuidora Record.